KB149360

그대 이름을 다시 불러본다

황금알 시인선 110

그대 이름을 다시 불러본다

초판발행일 | 2015년 8월 31일

지은이 | 변승기
펴낸곳 | 도서출판 황금알
펴낸이 | 金永馥
선정위원 | 마종기 · 유안진 · 이수익 · 김영승
주　간 | 김영탁
편집실장 | 조경숙
표지디자인 | 칼라박스
주　소 | 110-510 서울시 종로구 동숭동 201-14 청기와빌라2차 104호
물류센타(직송 · 반품) | 100-272 서울시 중구 필동2가 124-6 1F
전　화 | 02)2275-9171
팩　스 | 02)2275-9172
이메일 | tibet21@hanmail.net
홈페이지 | http://goldegg21.com
출판등록 | 2003년 03월 26일(제300-2003-230호)

사진 | 라상호

값은 뒤표지에 있습니다.

ISBN 979-11-86547-05-2-03810

*이 책은 (재)경남문화예술진흥원으로부터 제작비 일부를 지원받았습니다.
*이 도서의 국립중앙도서관 출판예정도서목록(CIP)은
　서지정보유통지원시스템 홈페이지(http://seoji.nl.go.kr)와
　국가자료공동목록시스템(http://www.nl.go.kr/kolisnet)에서 이용하실
　수 있습니다.(CIP제어번호: CIP2015022259)

그대 이름을 다시 불러본다

변승기 시집

황금알

이름 없는 들꽃 한 송이를 위해

더 깊이 뿌리 내리겠습니다

순금의 햇살 한 움큼에도

늘 감사하는 맘 버리지 않겠습니다

사랑은 하되 풋풋하고 허물없는

고만고만한 사랑 일구어 가겠습니다

바람 부는 날은 바람 데불고

늠름히 빈들 지키며 서 있겠습니다.

─「풀잎 3」

차 례

1부

2부

3부

4부

1부

마산 1

이제 가고파의 바다는 죽었다
방게도 죽었다
꼬시락도 죽었다
까지메기도 죽었다
더 서러운 것은
소싯적 우리의 푸르른 꿈마저
죽은 것이다
모두 시체가 되어
우리의 가슴을 적시고 있다

어느 날 나는 보았다
'마산만 살리기 캠페인'에 앞장서 있던
당신이 야음을 틈타
×대가리 내놓고 철철철
어, 시원타 하던 그 한 마디에
죽어가는 것은 비단 바다뿐이랴
결코 불의는 용납지 않던
저 시민 정신의 죽음에 대해
머리 숙여 통곡하라, 통곡하라.

마산 2

근래 사대문四大門 안
시백詩伯 몇 분
다녀가셨나이다
옛 마산이 아니라고
변해도 너무 변했다고
말씀하셨나이다
피난 시절
물 좋고 후한 인심
한결같이 그리워하더이다
본토박이 이 문디
허허한 가슴
남몰래 달랬답니다.

마산 3

새벽녘이면
새앙쥐처럼
그 눈을 뜬다는 새벽 바다
김춘수 시인이 노래하던
그 바다는 이미 없다

무학산 구름 데불고
몇 잔의 술
노을처럼 바다에 담던
김수돈 시인의 바다도
정진업 시인과 함께
떠나고 없다

도시의 폐유로 점점
어두워 오는 바다
달빛도
커다란 기중기에 걸려
녹슬고 있는 바다.

마산 4

3 · 15의거탑 분수대는 서럽다
늘 잠만 자는 분수
여남은 날 눈떠 보고
일 년 내내 죽어가는 꿈만 꾸는
우리들의 막힌 가슴은 애처롭다
걸핏하면
수도세 미납 고지서에
더 열 올리는
지지리 못난 엽전들아
오늘 우리에게
더 소중한 것은 무엇이더냐

각박한 세상살이 촉촉이 적셔줄
천금千金의 물기 한 방울
그립지 않으냐.

마산 5
— 무학산을 생각함

무학초등 시절
늘 곁에 서 계시는 그 어르신은
높고 장엄했다
중턱, 과수원 철조망 사이로 뽈뽈뽈
나는 복숭아 서리의 명수였다
설익은 과일 한입 베어 문 채
나 살려라 줄행랑치던 때가
한두 번 아니었다
해 맑은 날 대마도를 볼 수 있다며
그 악동들과 산정으로 줄달음쳐 보기도 했다

『우리 고장』 12페이지를 눈여겨 좀 봐줘요
책장을 예사로 넘기지 말고
일제하 상권 투쟁에 앞장서셨던
아버지의 쉰 목소리
떡갈나무 푸른 숲으로 되살아나고 있지
붉은 무리의 야욕에 자식 삼 형제
진동전투*에 파묻어 버린 어머니의 눈물
쑥부쟁이로 늘 피어나게 하시지

1960년 3월 15일 밤
우리 심장을 펑펑 뚫고 간 총성
해마다 선홍빛 진달래로 환생시켜 주시지

왜 산에 오르느냐니까
거기 있기 때문(becaus it is there)이라고
에드먼드 힐러리 경卿은 말했다
어르신은 그냥 거기에 있는 것만이 아니다
우리 속속을 알고 있다
지켜보고 있다
어여삐 여겨 다 보살피고 있다
그런데 자네
어르신 앞에 아직도 말이 많아
고개 숙여, 수그리라니까.

* 진동전투: 6 · 25전쟁 때 마산 방어의 마지막 보루

마산 6
— 이 땅 민주화 운동의 신화神話여

한마디로 엿 됐네
그 말 심하지 않느냐고요, 제기랄
골포骨浦* 1800년의 사직社稷
황성 옛터가 되어 버렸다
거시기 사또 나으리
일류 도시 만들자더니
한 놈은 뇌물죄로 감방 가고
뒷 놈은 영욕榮慾에 눈이 멀어
대들보 썩는 줄 모르더니
오호통재라!
빛나는 민족정기 이어 온 도읍 하나
바람과 함께 사라져 버렸네

누구 탓한들 무엇 하리
내 탓이오 내 탓이오 내 큰 탓이로소이다
그러나 기죽으면 안 돼
무학산정舞鶴山頂에 금빛 햇살 그득하고
합포만에 굽이치고 있는 숭어 떼의 힘살
출발은 누가 위대하다고 말했던가

18

마산인의 자긍심 잊지 말아요
110만 대도시의 동력이 되어
마구 푸른 깃발을 흔들고 있는
이 땅 민주화운동의 신화여
그 올곧은 정신으로
다시 일어서는 거야
자! 앞장서 달려가자고.

* 골포骨浦: 마산의 첫 이름

경은慶銀 개미꾼들
— 경남은행 창립 4주년에 부쳐

아침 출근 때면 빠이빠이
내 어린 막내의 꼬막손 같은
여기는 마산시 창동 172번지
'저축이 미덕'이라는 350만 가계부
안녕安寧의 본산本山

민주성지 신화를 남긴 창동 네거리에서
남도의 미항 진해에서
우리들 식탁의 영양학을 일깨우는
해산물의 고장 충무에서
함마 소리 드높은
기간 산업의 요충지 울산에서

밀알 하나 떨어져 죽으면 많은 열매 맺듯
가는 곳 있는 곳마다
동전 한 닢의 미소
통장 한 구좌의 보람
경은 적금 증서 한 좌에서 피어나는
크나큰 행복에의 초대

지금은 비록
외상과 손실만이 가득한 일상이지만
밤 부두의 하역장에서
뒷골목 청소부의 힘줄에서도
우리는 느낄 수 있지

길은 하나
반만년의 곤욕과 가난을 벗어나
100억 불 수출, 1,000불 소득을 향한
임부妊婦의 진통 같은
불타는 의지를 향해
이제 막 걸음마를 벗어난 네 살배기지만

'소비가 미덕'이 될 그날을 위해
내 고장과 더불어 번영하는 지역개발의 기수
중진국 코리아 저력의 파수병인
경은 개미꾼들의 힘찬 대열을
이른 아침 당신은 볼 수 있을 것이다.

창동 네거리에서

캘린더의 마지막 장을 넘기며
이 거리에 서면
나는 세월이 흐른다는 것을 안다

H군의 갑작스러운 죽음을 보았고
아내를 잃은 노시인의 회한에
목놓아야 했고
만나는 이는 모두 이방인

물 좋고 인심 후하다는
이 고장의 풍물은
이제 한낱 품사
사랑도 정찰제에 얽매여 시름이다

그러나 저 우울한 바람과 함께
어디선가 무너지고 있을
우리들의 약속은 탓하지 말자

캘린더의 그다음 장에 올

더욱 싱싱하고 새로운
생각하면 눈물 같은 것
출발 같은 것의 위대함이여

왼발 앞에 오른발
오른발 앞에 왼발이 밀려가고 있다
버릴 것은 다 버려 버린 겨울과원처럼
보내야 할 사람은 떠나보내고

밤하늘의 별과 구름을 보며
귀로에 서면
나는 늘 외롭고 고독했다.

시월에

이중섭李仲燮 화백의 아틀리에에서
아해와 소들의 울음소리가 들려오고 있다

그 울음소리로 빚어진
청아한 하늘 구름 몇 조각
지금 순금의 얼굴로 빛나고 있다

풀잎이여, 모로 누운 풀잎이여
빈 콜라병이여, 우수에 젖어 있는 빈 콜라병이여
릴케의 위대한 가을을 다시 노래하게 하라

이중섭 화백의 아틀리에에서
아직도 아해와 소들의 피리 소리가 들려오고 있다.

꼬맹이에게

나의 수첩 속에서 보석처럼 움트고 있는
첫째 상혁祥赫
둘째 석호碩浩
그리고 항상 젖어 있는 그대의 눈매여

─동생은 어떻게 해야지
아끼고 사랑해야 합니다
그래그래, 아빠는 혁이가 젤 좋아

나의 일과는 이렇게 시작되고 끝나지만
비록 빈털터리 가장이지만

사랑하는 나의 꼬맹이들아
이 험난한 삭풍 속에서도 난 외롭지 않네

너희의 웃음보는
조국의 국력, 세계의 평화, 우주의 질서
언제나 꽃처럼 활짝 피고
파도처럼 출렁이어라.

원두막에서

먼 여행길
간이역처럼
잠시 쉴 수 있는 곳

때로 팔베개로 누워
유월의 바람 선율 삼아
잠시 눈 붙일 수 있는 곳

간혹 밤하늘 별들 헤아리며
지나온 삶의 여정
차근히 살펴볼 수 있는 곳

헐떡거리며 가는 내 생활의
긴 문장
문득 그곳에서만 찾을 수 있는
쉼표 같은 곳
조용한 따옴표 같은 곳.

봄을 생각함

패스포트도 없이 국경을 넘어
마구 염문을 뿌리고 있는
겁없는 녀석 좀 보게
덧니를 훤히 드러내 놓고
타는 듯한 목소리로
어떻게 생각하면
과즙 같은 것, 몸살 같은 것, 자유 같은 것
같은 것들이 모여
싱싱한 노동과 미각
약속의 새 장이 열리고
그러나 밉살스런 저 바람 하나만은
시정해야 될 과제
나는 풍선을 올린다
우리들 과제의 원만한 해결을 위해
빨강, 파랑, 노랑의 활력을
쉼 없이 높이높이 올린다.

청과시장에서

별 구름
그리고 소낙비가 이룬 제전

고故 우장춘 박사의 고뇌며
과수댁의 서정이
풋풋한 미각으로 빛나고

탐스러운 실과 한 알
한입 베어 물면
동강 나는 한여름 밤의 긴 허리

아침 식탁 영양학을 위해
아낙들의 장바구니마다
돋아나는 별, 구름, 그리고 소낙비여.

가을 연변沿邊

일월日月이 떨어져 누운 국도 연변
이장 어른의
예비豫備를 위한 쉰 목소리
순금으로 빛나고
둥지를 떠난 새 한 마리
과원의 빈 가지에서
조락하는 세월을 쪼고 있다
풀잎은 풀잎끼리
빈 콜라병은 빈 콜라병끼리
바람이 차군
감기 조심하게나
도란도란 건네는 안부들
지금 노을진 프로스트의 숲가에
자연법의 거대한 몸짓과
우리들의 약속이
무서운 중량으로 쌓이고 있다.

방문訪問

금요일 다음 날
노크 소리와 함께
얼굴이 환한 그가
허허, 이게 몇 해만인가
가세, 한잔하러 가세나
깍두기라도 안주 삼아
하루의 마감을 끝내면
늘어나는 것은
손실과 외상 장부뿐이지만
이 가벼운 잔에 서린
물기나 소금기랄까
그러니까 일요일 하루 앞날
목마를 타고 온 그에게
일순간 무명無明의 빈 잔을
힘껏 건네주었다.

금붕어

오빠야
누이야
수궁으로 오너라
선녀의 러브레터를 읽어 보렴

용왕의 은총으로
꼬까옷을 입고
물장구치는 해맑은 잔치

악동들의 휘파람에 아랑곳없이
꼭꼭 숨어라
머리카락 보인다
어진 제왕의 면류관이여.

2부

열애론熱愛論 1

아무래도 아는 게 병이구나
갈잎 아래서 꿈을 꾸거나
비를 맞거나
떨리는 손으로
밤을 쫓거나 옷을 벗거나
그러나 옷고름으로
달빛의 물기를 찍어내는
사랑이여, 아는 게 병이구나
길거리 쇼윈도 앞에서나
산부인과 책상 서랍에서도
언제나 술이 덜 깬 너를 볼 수 있거니
하루는 깨어 있다가
열이틀은 젖어 있다가
서른닷새는 찍찍거리다가
사랑이여, 아는 게 병이구나
꺾이어도 자욱한 난초향이거나
먼지뿐인 구두 밑창 사이로
햇살처럼 크낙하게 떨어지는 종교이거나
사랑이여, 아는 게 아무래도 병이구나.

열애론熱愛論 2

번데기는 번데기끼리
굼벵이는 굼벵이끼리라도
그렇게 너에게로 갈 것이다
극장 포스터나 흘깃거리다가
가려운 데는 긁어 놓고
그렇게 너에게로 갈 것이다
하나의 삼각에서
두 개의 원을 그리고 서 있던
사랑이여, 청량리에서 만난 너는
온 얼굴에 신신파스를 붙이고
지금은 몸살로 누워 있다
일어서라, 일어서라, 일어서라니까
언제나 헛물만 켜고 있는
사랑이여, 칙칙한 거품이나 뿜어대다가
서러움 많은 손금이나 보고 있다가
놀음판의 장땡이랄까
그러나 사랑이여
너는 숫제 감질나는 지랄병이다.

석간夕刊

나는 어느 날 오후
아이들의 옆구리에서 야금거리는
면도날 같은 얼굴을 한
여러 파수병을 보았다

정부政府 없는 그를 택한 많은 이웃들이
시들해져 갈 때
그의 예감은 늪으로부터 활기를 찾고 있었다

뒷골목의 낙수落水에서부터
알프스 산정에 버려진
기침 소리 하나에 이르기까지
예리하게 감격게 하는
무량의 치아를 보라

어느 때는
노점의 휴지통에 사지가 찢겨
조금은 지쳐 있지만
그의 총구는 뜨겁게 열려 있다

계속하라, 증언이여
고발하라, 산 자여
언제나 무너진 곳에서 꿈틀대는

세계의 식탁은
서서히 통증을 느끼고 있을 것이다
수챗구멍이나 지렁이 심장에 이르기까지
소금을 치고 있는
그의 실체를 우리는 경험할 것이다.

언어의 경제학

　내가 시에 처음 눈뜬 것은 권기호 시인을 만나고서였다. 나는 그때 경남대학 상학과 2학년에 재학 중이었다. 그는 박정희를 비판하다 경북대학에서 쫓겨나 우리 대학 국문학과에 출강하고 있었다. 몇 밤을 지새우며 간신히 시 한 편 써서 건네면 힐끗 난도질하면 그뿐

　나는 언어의 경제학이라는 말을 그때 처음 들었다.

임금님 귀는 당나귀 귀

동네 사람들이
소생 입이 좀 거칠다고 말한다는데
아내는 그 점을 매우 염려하고 있다
"여보, 시인이 말을 좀…"
"좆도, 시가 밥 먹여 주냐"
아내는 그만 무안해 돌아앉는다
제기랄, 이 세상은
어딘가 병들어 가고 있다고
술만 권하는 사회라고
그런 말도 못 하련
소싯적 어머님 말씀 생각난다
시집살이 삼 년간 벙어리 되고
귀머거리 되고 눈뜬장님 되어야 했다는
아니, 임금님 귀는 당나귀 귀라고
말 한마디 뱉지 못한
그 가련하고 불쌍한 양반
와 이리 가슴 아프게 하노
남의 일 아니다
나의 일이다, 당신의 일이다.

서머셋 모음*

이 영감탕구 기분 나빠
인생을 너무 알아
"하고 싶은 대로 하라
그러나 골목을 나서면
순경이 기다리고 있을 것이다"
그가 하는 말은 칼이야
그 칼은 날이 서 있어

어떤 이는 중앙청 앞에서
누구는 궁정동에서
한번 한다면 반드시 하고 만다는
용맹한 순경을 만났지
평양 네거리에서
김정일 부자도
반드시 만나게 될 것이다

자기 없으면 안 된다는 카리스마
그들은 가고 없어도
이 땅에 꽃이 피고

여전히 새들은 노래하고
시인은 시를 쓸 것이다
붉게 타오르는
조국의 아침 햇살을 보라.

* 서머셋 모음: 영국의 소설가이며 극작가. 『인간의 굴레』『달과 6펜스』가 있
  다.

편지
— 이제하 형에게

청솔 푸른 그늘 아래
서울 친구의 편지를 읽는다는
형의 학창 시절
시 한 구절이 문득 생각납니다
형은 그 길로 정진하여
일찍 이 땅의 젊은 시인이 되었습니다
저는 사시절 청솔만 보면
언제나 형을 기억하곤 했습니다
다만 안타까운 것은 오래전부터
어쩐 연유에서인지 형의 작품 뵙기가
무척 어려워졌다는 사실입니다
시는 저만치 버려두고
소설을 쓰고 있다는 거
그림에도 몰두하고 있다는 거
Go stop을 즐긴다는 거
항간에 레스토랑에서 기타를 치며
노래까지 부르고 있다는 거
간간이 일간지를 통하여
근황을 접할 수 있었습니다

아직 어느 분야에도 정착하지 못하고
외도만 하고 계시더군요
서울 생활에 지쳤습니까
아니면 서울 친구에게 너무 빠져
세월 흐르는 걸 모르고 계시는가요
그 번뜩이던 형의 시세계
못내 그리워하고 있는 고향 후배들
한 번쯤 생각해 보셨는지요

답신 주십시오.

저문 날에

저문 날 들녘에 서면
어디선가 은은히
피아노 소리가 들려온다
그것은 크라이슬러의
사랑의 기쁨 같기도 하고
사랑의 슬픔 같기도 하다

저문 날 새들이 둥지로 돌아간 시간
어디선가 귀에 익은
노랫소리가 들려온다
그것은 〈When I dream〉을 부르던
이 나라 고운 별
조수미의 청아한 목소리 같기도 하다

저문 날 등불이 하나씩
제 몸을 사위어 갈 때
어디선가 부르는 소리 있어
뒤돌아서면
사랑은 이별로써 완성된다는

그대의 마지막 편지 한 장
어둠 속에 흔들리며 떨어지고 있네.

겨울 바다

무위無爲의 얼굴로
연방 기침을 토하고 있는
큰 목숨 하나

마지막 철새마저 떠나보내고
비로소 그는 후련히
자유라는 말을 뇌어 본다

해안에는 시린 손을 불며
출어出漁를 서두르는 어옹漁翁의
빛나는 생존

너울 털모帽를 쓴 그의 속눈썹에는
훈훈한 슬기가 일고 있다
한여름과는 다른
또 하나의 청춘이 타고 있다.

무제 無題

「신라초新羅抄」를 즐겨 노래하는 미당 시인이나
빈 콜라병의 우수를 노래하는 신동집 시인도
무제라는 시제 앞에 잠시 숙연해지더이다
그런데 변승기는
밑도 끝도 없이
돋보기안경에 비린내나 풍겨
그러나 내 시로 말하면
하루는 징징거리다가
열이틀은 취해 있다가
삼백예순은 몸살로 뒤척이다가
이것이 가난한 우리 시인의
다시 말해
사과꽃처럼 신비롭고
알프스 산정처럼 장엄한 시를
한결같이 소원하는 것이려니
상심하면 안 돼
언제나 새롭고, 출렁이는 마음으로
시작해 보는 거야.

항구

어딘가로 떠나고 싶다는
귀 익은 소리가 들린다
들으면 들을수록
늘 물기 밴 그 목소리

해안선 가까이 작은 섬 사이
뱃길을 지켜 온
괭이갈매기의 선회는 쉬임 없고
파도는 마구 바람기族를 올린다

방파제에 어깨를 묻고
깊이 잠든 북양선北洋船마저
출항의 꿈에 젖어 깨어날 줄 모르고

파시波市가 열리는 선창가
사람들은 마른기침을 콜록거리며
가도 가도 끝없는
고해苦海의 바다를 건지고 있다

되돌아보면 다 눈물 같은 거
그래도 모진 게 목숨 아니냐는
어판장 아낙의 치마폭에
청빈의 아침 햇살이 비늘처럼 쌓인다.

겨울 장미

바람이 쓰러져 누운
도회의 나뭇등걸 사이
참으로 의연히
고독의 의미를 안으로만 삭이고 있는
당신을 보았다

마침내 깊은 잠에서 깨어난
한 마리 철새처럼
맑디맑은 음성으로
당신은 손 내밀고 있었다

이 삭막한 들판 어디선가
조금씩 무너지고 있을
우리들 영혼 깊이
따스히 와 닿는 당신의 미학

그 아미蛾眉 그 실체
한 줌의 햇살로
야금야금 돋아나고

어느 때는
지순한 시정신으로 불타오른다

뜨겁게 타올라
어둠의 시간 위 무명無明을 밝히고
버릴 것은 다 버려 버린
겨울 화원의 불씨가 된다.

시월상달

할머님 말씀 속에
늘 눈물로 돋아나던 모국어
한 오천 년
가랑잎으로 떠돌다
오늘은 둥글고 환한 얼굴 되어
미루나무 가지 끝에 걸려 있네

탐욕은 금물
있는 그대로 만큼
두루두루 마음을 쓸 것
무학산 중턱에 홀로 누우신
할머님의 은은한 목소리
다시금 되살아나
섬돌 위 은빛으로 떨어져 쌓이네.

한 마리 외로운 새야

비 갠 어느 날
완구점 앞을 지날 때
졸고 있던
한 마리 완구의 어린 새야

속절없는 일상에
눈비처럼 쉰 네 목소리
그러나 고개를 들면
가득히 와 닿는 구천九天

꽃에게로 갈거나
신바람을 날리며
풍물은 네 눈을 홀리는데

그래도 가야지
푸드득 푸드득 흰 깃을 치며
속눈썹에 걸린 네 별의 시절로
다시는 되돌아보지 말고
새야, 한 마리 외로운 새야.

바둑을 두면서

첫 점을 3 · 3에 놓고
'디스' 한 개비를 당겨 물었다
팔짱을 낀 채 묵묵히
양화점兩火點으로 대응해 오는
상대의 두터운 판세가
왠지 눈에 거슬렸다
남의 집이 커 보이면 안 된다는데
잠시 호흡을 가다듬고
좌상左上 귀에 모 붙임
슬쩍 상대의 응수를 타진해 보았다
반격은 예리했다
발 빠른 행마行馬
저돌적이며 타협을 불사하는
깊은 수 읽기
오랜만에 강자를 만난 거야
덤마저 마음에 걸렸다
손 따라 두거나
두 점 머리를 맞지 말라는
TV 해설자의 얼굴이 일순 스쳤다

침착하라, 침착해
자욱한 안개 걷히면
다시 눈보라길
쓰러지며 헤쳐 온 이 불혹不惑의 역정歷程
여기서 물러설 수는 없다
눈에는 눈
이에는 이
당당히 맞서는 거야
싸워 이겨
참인생의 석탑을 쌓고 싶다.

튤립 한 송이

김해평야 화훼 단지를 지나면서
그들 일단—團을 보았다
이마를 맞댄 자
등을 기댄 자
일부는 서로의 가슴을 보듬고 있었다
꽃잎 사이로
낡은 풍차가 몇 대 보이고
풍차는 하늬바람을
폴폴 날리고 있었다
그 바람에 흩날려 왔을까
서재 한 귀퉁이
타는 듯한 얼굴로 서 있는 꽃 한 송이
큐피드의 화살 하나
내 영혼 깊이 와 꽉 박히네.

3부

풀잎 1

갈바람이 차네요
여름내 상한 허리를 보듬고
허허벌판에 모로 누웠어요
낯익은 얼굴들이 다가와
자꾸만 손 내미네요
날개 찢긴 노랑나비며
고추잠자리, 소금장수,
무당벌레에 이르기까지
가엾고 하찮은 것들
너무 업신여기지 마세요
자연법 속 법 없이 사는 법 익히며
어질고 모진 목숨 이어 왔어요.

풀잎 2

왜 그러고 누워 있나, 자네
이제 일어나야지
그만큼 짓밟히고 버림받았으면 됐지
아직 시간이 이르다고
나 원 참, 자네의 인내심
정말 지독하군
하기야 반만년 엄동설한
헐벗은 채 잘도 견뎌 온 그 오기
모르는 바 아니네만
잘 명심하게
낫칼에 더는 베어질 수 없어
이건 우리 단군 할아버님의 절대 명령
일어서게, 벌떡.

풀잎 3

이름 없는 들꽃 한 송이를 위해
더 깊이 뿌리 내리겠습니다

순금의 햇살 한 움큼에도
늘 감사하는 맘 버리지 않겠습니다

사랑은 하되 풋풋하고 허물없는
고만고만한 사랑 일구어 가겠습니다

바람 부는 날은 바람 데불고
늠름히 빈들 지키며 서 있겠습니다.

풀잎 4

두 콧구멍으로도 숨쉬기
어려운 세상살이란다
하물며 두 발 꿋꿋이
땅속 깊이 뿌리내리기란
예삿일 아니다
〈흔들리지 않게〉라는 노래가
이 강산을 적시고 있다
노래로서만 끝나서는 안 된다
척박한 땅이면 어떠리
풀 한 포기 온전히 가꾸는
그 성정이 얼마나 소중한가
굵은 외올실을 엮어 가듯
서로 가슴의 문 활짝 열고
청람빛 가득한 들판으로 나서자.

풀잎 5

어느 날 꿈결에
바람에 실려 오는
애틋한 곡조 하나 들었다
그 소리는
초승달 이고 있는
대숲 속이거나
그 옆 바람에 서걱이는
갈숲에서 흘러나오고 있었다
가까이 다가가
다시 귀 기울여 보니
그것은 누군가 떨어뜨리고 간
오래된 피리였다
반나마 삭아진 그 몸통 안에
바람들이 무시로 드나들며
작은 소리를 내고 있었다
바람 따라
끊어질 듯 끊어질 듯
이어지는 그 여린 소리는
놀랍게도 그 옛날

녹두장군이 흘리고 간
한숨 같은 것이었다.

풀잎 6

그것은
춘삼월 바위틈 사이로
파릇파릇 얼굴 내밀고 있는 거

그것은
경남 마산시 진전면 동산리
내 고향 길섶에서 지천으로 볼 수 있는 거

그것은
우리 누님 논개의 무덤가에
말없이 피어 숨 쉬고 있는 거

그것은
시집살이 고추보다 더 맵더라는
울 어머니 한숨 속에 살아 있는 거

그것은
이 나라 시백들의 시집마다
한 편씩은 싱싱히 돋아나고 있는 거

그것은
척박한 이 땅
푸르른 자유의 깃발을 향한
그리움의 몸짓이다, 목소리다.

풀잎 7

하 많은 세월
쉿, 고개 숙여
고개를 숙이라니까
귀 아프게 들어 온 이야기인지라
비바람 불고 폭설이 내려
네 발등을 적셔도
이제는 두렵지 않네

누에는 누에끼리
패랭이꽃은 패랭이꽃끼리
저마다 하나씩의 꿈이 있듯
기특하구나
어둠 속 별을 노래하는 마음으로
네 눈은 빛나고 있네

빛나는 것은
비단 네 불씨뿐이랴
봄이 오고
다시 부활절이 다가와

겟세마니 동산
그 외로운 사나이의 말씀
마구 쏟아져 쌓이네, 쌓이네

대숲 사이로 부는 바람결에
가슴 저리도록 들어온 이야기지만
온 들판 예지의 칼날 번뜩이며
서서히 고개를 들고 있는
네 등뼈를 보았다.

풀잎 8

엊그제 애들 외숙外叔 묻고 왔다
불혹을 겨우 지난 나이
"아빠, 눈떠, 눈떠"
여섯 살배기 막내 딸애의 애소哀訴를
외면한 채
결국 그도 한 평 반의 땅밖에
차지하지 못했다

사느라 되돌아볼 겨를도 없이
발버둥 쳐 보았지만
이 만만찮은 세상
남긴 거 하나 없다
그는 산 자의 이야기에 지나지 않았다

다 버림으로써
비로소 얻은 안식
흙으로 와 흙으로 돌아갈 뿐이라는
신부님의 마지막 기도처럼
그 넉넉한 곳

이름 없는 들꽃 되어
그대 한 걸음 먼저 가 있게나
하산하는 길에 눈발이 쉬임없이
휘날리고 있었다.

풀잎 9

소슬바람이 부는 날은 외로웠다
잠 못 이루는 밤이면
목놓아 꺼이꺼이 울어도 보았다
그럴 때마다
어차피 자기와의 싸움 아니냐며
위안을 보내고 있는
백양나무의 수화手話
무엇이 두려우랴
버릴 것은 다 버림으로써
땅의 평화
하늘의 영광 임하리니
삭신은 눈발에 묻고
영혼이여, 조용히 눈을 떠라
새순처럼 빛나
빈 숲의 어둠을 지키는
그리움의 노래가 되어라.

춘삼월에 내리는 눈 1

어디서 듣던 음성이네
귀에 익은 노래 같기도 하네
부르다가 부르다가 지쳐
뭐라 카드라 뭐라 카드라
남도창 같기도 한데
그 질펀한 정선아리랑마저
저리 가라 하네, 멀리 가라 하네
노고지리가 숲에서 도회로
강에서 다시 바다로
훨훨 비상하는 그 사유
뭐라 카드라, 뭐라 카드라
특종 호외 삐라를
이 골목 저 거리 마구 뿌리고
어느 때는 조심스러운 몸짓으로
과원의 속살을 건드리며
호객 행위를 겁 없이 하고 있는
슈트라우스의 경쾌한 왈츠
여보쇼, 동네 사람들아
창문 활짝 열고 좀 들어 봐, 봐 봐.

춘삼월에 내리는 눈 2

그날 이른 아침 비상을 알리는
민방위 본부장의 찢어지는 듯한 목소리가
공기를 가르고 있었다

국민 여러분, 이것은 실제 상황입니다
적기가 편대를 지어
휴전선을 막 넘어오고 있어요
흰 깁을 마구 흔들고
꽹과리를 치며 인해전술로
한반도를 단숨에 점령하고 있어요

국민 여러분, 이것은 실제 상황입니다
차를 멈추시고
가까운 대피소로 몸을 피하십시오
특히 어린이나 노약자는 외출을 삼가시고
라디오에 귀를 기울여
그 지시에 따라 주십시오

보라, 저 융단 폭격의 잠언

순결함이여, 온유함이여, 새 생명력이여
만천하를 삼키는 고봉밥이여
내 너를 처음 만나 쿵쿵 가슴 졸인
비장함이여, 속 쓰림이여, 눈물이여
무엇과도 바꿀 수 없는
그 눈물의 사랑이여

그날 이른 아침 비상을 알리는
민방위 본부장의 화급한 목소리가
계속 흘러나오고 있었다
국민 여러분, 이것은 실제 상황입니다.

춘삼월에 내리는 눈 3

개마고원 준령을 지날 때
그의 기개는 대단했다
온 천하를 마구 삼킬 듯
펄펄 힘이 넘쳐 있었다
그런데 고개를 막 넘어서자
고락을 같이했던 동장군이 보이지 않네
회원동 똥바람도 흔적이 없네
갑자기 정신마저 혼미해져
코빼기를 땅에 처박고 싶었다
일순 어디선가 들려오는 귀 익은 노래 한 곡
〈눈이 내리네〉가 아닌가
이맘때면 노래방에서 즐겨 부르던
서인숙 시인의 18번 곡이기도 하지
이참에 그분의 장서에서 훈훈히 빛나고 있을
조선백자 한 점마저 다시 기억해 두자
진한 원두커피를 한잔 청했다
힘내, 기죽지 말고
다시 하강이다
매년 지켜 온 풀뿌리와의 약속

그 편안, 순백, 묵주 기도의 한 구절이
꽃이 되고 나무가 되어
우리 곁에서 솟구치고 있음을
잊어서는 안 돼, 안 되고말고.

춘삼월에 내리는 눈 4

그의 이름 앞에
진객이니
사태라는 말 붙이기 좀 뭣 하네
그렇다고
새털처럼 가벼이 여기지 마라

그의 땅심은
광활하고 장대하다.

4 부

울 어머이

참말로 가련하신 울 어머이
김해金海 김씨金氏 열일곱 나이에
초계草溪 변씨卞氏 가문으로 출가
내리 딸 여섯 낳으시고
그다음 형님, 지가 막내 아잉가베
울 어머이는
늘 다리 밑에서 주워 왔다 했능기라
저 애무러기
지 여편네 맞는 거 보고 죽어야제
아이고, 어찌 눈 깜겠노
울 어머이
지금 이 땅에 없심더
지 장가가는 것도 못 봤지예
저승길 어딘가에
풀꽃 되어 누워 계실 낍니더
속만 태우던 이 애무러기
그래도 어머이요
반달 같은 여편네에
떡두꺼비 손자가 둘

어머이요, 인자 괜찮심더
감지 못하신 눈 감으시고
가시던 꽃길 가시이소
사는 날까지 기죽지 않고
남의 험한 욕 먹지 말라시던
어머이 말씀 그대로
뚜벅뚜벅 지축 밟으며
지는예, 열심히 살아갈 낍니더
어질고 어지신 울 어머이.

소낙비 1

참으로 요상하구나
아닌 밤중 홍두깨도 아닌 것이
속살 깊이 찔러 오는
서방 떠나간 지 몇 해 만인가
시원타, 시원해

참으로 가상하구나
권력도 총칼도 아닌 것이
일순 천지를 제압해 버리는
무골호인의 〈위풍당당한 행진곡〉*을 보라

참으로 신통하구나
귀신도 영매도 아닌 것이
하늘과 땅 사이 수놓은
축복의 폭죽, 위대한 몸짓

빨·주·노·초·파·남·보.

* 〈위풍당당한 행진곡〉: 엘가 작곡

소낙비 2

한여름 무더위의 횡포를
한판 들배지기로 단숨에 누이는
가증스러움을 보라

달콤하게 때로는 촉촉이
가슴을 적시는
첫 키스처럼 상쾌 유쾌 통쾌

풀잎이 일어서고
강물이 일어서고
이장 어른의 쟁기가 벌떡 일어서고

비는 아닌 듯
분명 분노는 더욱 아닌 듯
베토벤 〈열정〉의 이름으로
온 누리를 마구 질타하는
하늘의 은총을 보라.

통회 1

그 끝없음
그 높으심
그 깊으심
그 따뜻하심
그 그득하심
그 아득하심
그 향기로움
그 풍부한 열매
그 약속 지키심

이 미물 이 비천한 종
당신, 더없이 지존하심을 깨닫게 해 주옵소서.

통회 2

마지못해 주일 미사 참석하기
어진 아내, 자식 눈치 보기
땅 한 평에 더 연연하기
개뿔도 없는 게 촐랑대기
낫 놓고 ㄱ자도 모르면서 말 많기
매사 남의 탓 돌리기
기도 중 마음은 콩밭 서리하기
시시때때로 남의 아낙 사타구니 염탐하기
식상한 시어 남발하기
설마 내 행실 주인께서 아실라 꼼수쓰기

이 황당, 무지, 불손, 죄인
거듭 태어나게 하소서, 용서해 주옵소서.

통회 3

내가 하느님을 처음 알기로는 초등학교 크리스마스 때였다. 보릿고개가 만연하던 시절이라 교회 가면 떡 준다는 친구의 말을 듣고 선뜻 따라나섰다. 시루떡 한 조각, 눈깔사탕 두어 개 그게 전부였다. 꿀맛이었다. 1년에 한 번만 가는 교회였지만 결코 부끄럽지 않았다. 얼마 후 왈, 감람나무 박태선 장로가 전국을 누빌 때였다. 지금도 자산동에 자리 잡고 있는 그 전도관에서 박수 치며 찬송가를 부르는 모습들이 신기했다. 재미삼아 또 다녀보았다. 옳거니, 시온 성에서 생산된 제품이라며 성탄에는 더 큰 봉지를 주었다. 얼마 지나지 않아 그 재미도 슬슬 가시자 발을 끊고 말았다.

그러던 중 예사롭게 여겨 온 하느님께 절실히, 그야말로 온몸으로 살려달라고 애원하는 사건이 터진 것이다. 1960년 3월 15일 밤, 이승만 자유당 독재 정권의 부정선거에 항거하여 〈애국가〉와 〈전우가〉를 소리높이 부르며 수천 명의 시민과 함께 저들을 향해 돌진해 나갔다. 경찰은 우리 심장을 향해 700여 발의 총격을 무자비하게 가해 왔다. 전진 후퇴가 거듭된 가운데 밤 9시경 허벅지에 총을 맞고 피를 철철 흘리며 마산시청으로 끌려갔다. 이튿날 새벽 도립마산병원으로 이송되어 입원 치료 중 대동맥이 끊어졌다고 했다. 피가 아래로 통하지 않자 다리가 썩기 시작했다. 사실 다리 관통으로는 좀체 있을 수 없는 가장 불운한 사태에 직면한 것이었다. 의사 선생님은 부득이 다리를 절단해야 한다며 기적을 바랄 뿐이라고 했다. 그 순간 옆에 지키고 계시는 어머님을 쳐다보았다. 고개를 돌리셨다.

그날부터 나는 하느님께 그 기적을 일으켜 달라고 간절히 기도하고 또 했다. 그러나 결코 기적은 일어나지 않았다. 씨팔, 빌어먹을 하느님 옛다, 엿 먹어라. 어느덧 나는 무신론자가 되어 있었다. 특히 니체의 『자라투스트라는 이렇게 말했다』를 탐독하면서 하느님은 이 세상에 없다고 마구 외치고 다녔다. 그때 김소월 님을 만났고 라이너 마리아 릴케 님과 엽신을 주고받게 되었다. 그분들이 나의 안식처였고 유일한 동반자였다.

그 무렵 나는 참으로 외롭고 쓸쓸하고 절망하고 있었다. 그러던 어느 날 대학 캠퍼스에서 마리아 아네스라는 아가씨를 우연히 만나게 되었다. 눈이 번쩍 뜨였다. 매일 편지를 보냈다. 그 아가씨 집 앞에서 몇 시간, 몇 날을 기다리는 것은 예사였다. 눈을 떠도, 감아도 그 아가씨 생각뿐이었다. 비록 육신은 상처투성이지만 군고구마 장사를 해서라도 굶기지는 않겠다고 큰소리를 땅땅 쳐보기도 했다. 빌고 또 빌었다. 그러자 그 아가씨 마음의 문이 조금씩 열리기 시작했다. 세상을 얻은 것 같았다. 그런데 고약하게도 반드시 자기와 함께 성당에 나가야 한다는 선약을 요구했다. 그때까지도 역시 하느님은 나에게는 강 건너 불구경이었다. 그렇지만 나는 잡생각을 할 겨를이 없었다. 하고 싶지도 않았다. 그 약속을 무조건 지키겠다고 서약했다.

그날 이후 나는 성당에 가기는 가되 하느님을 만나러 가는 것이 아니었다. 그야말로 졸졸 그 아가씨가 성당이고 하느님이었다. 나는 40년이 지난 지금도 변한 게 없다. 요즈음 늘 그녀가 하는 말은 "기도 좀 천천히 하면 안 되나요.", "매일 단 한 장이라도 성서 좀 읽으면 어때요." 그녀의 표정을 보면 아직도 멀고 딱하다는 말이다. 제기랄, 나는 아직 바깥세상 재미에 더 젖어 있다. 두 손 모아 빌고, 빌고 했던 그 시절을 까맣게 잊고 있다. 그렇지만 나는 그녀를 사랑한다. 누가 옆구리를 꾹꾹 찔러도 하느님보다 그녀를 더 사랑한다. 그녀가 쑥쑥 잘도 낳고 길러 준 우리 집 강아지 미카엘, 라파엘도 무척 사랑하고 있다. 나는 무척 행복하다, 지금.

변정빈 대건안드레아 1

물경 33억 광년
2008년 10월 26일 오전 10시 16분
아부지, 순산입니더
얼씨구, 변씨 가문에
초롱초롱 빛나는 별 하나 지화자

앙증 그 자체
저 순결 무구한 눈
새순보다 부드러운 손과 발
어미 젖 달라며 보채는 으앙 으앙 으앙
하 듣기 좋은 노래네
눈에 넣어도 아프지 않겠다는 그 사유
이제야 알겠네

인자하신 어른이시여
황량한 들판에 비를 내리시어
일용할 양식을 주시옵고
이렇게 어린 양을 보내시어
당신의 뜻을 증거케 해 주시옵고

오늘 변정빈 대건안드레아를
당신의 어진 종으로 바칩니다

오면 좋고 가면 더 좋고
손주 태어나는 날이
할매 죽는 날이라는 그 말은
지어낸 말이다
순수한 거짓말이다

개구쟁이라도 좋다, 튼튼하게만 자라다오.

변정빈 대건안드레아 2

"외할머니, 외할머니"
"왜, 정빈아"
"이 세상에서 나를 제일 사랑하는 사람이 누군 줄 아
세요?"
"그게 누군데?"
"우리 할아버지예요"

내 봇짱*은 갓 여섯 살
에미로부터 그 이야기를 듣고
오, 하느님!
나는 그날 밤 펑펑 울었다.

* 봇짱: 도련님

가진 것이란 아무것도 없는

가진 것이란 아무것도 없는 귀로에서
그래도 당신은 찬란한 아침
그 새들의 노래를 들려주었지
세찬 폭풍인들 어떠리
그 눈비인들 두려우리
한마음 되어 함께 가는 이 길
가진 것이란 아무것도 없는 귀로에서
그래도 당신은 찬연한
그 별들의 이야기를 들려주었지
모래알 하나 바람 소리 하나에서
선연히 햇살로 다가오는
당신의 의미를 나는 알 수 있지
은은히 골수로 스미어 오는
우리의 사랑 순금으로 빛나리니
가진 것이란 아무것도 없는 귀로에서
그래도 당신은 저 들판 청순한
들꽃들의 속삭임을 들려주었지
그 무엇으로서도 다 할 수 없는
당신을 향한 이 눈물 같은 그리움

나의 외로운 여행은
이제 당신 앞에 와 멈춘다.
내 살아가리 삼백예순을 하루같이
영원한 나의 사람아.

그대에게

어느 봄날
당신을 처음 본 그 순간
내 가슴은 뛰기 시작했다.
무지개를 보면
내 가슴 뛰노라는 워즈워드처럼
나는 어린애가 되었다.
강물이 되고
빗방울이 되고
햇빛이 되어
다시 돋아나기 시작했다.
너무 식상하여 금기로 여겨온
그리움
기다림
보고 싶다는 언어들을
쉬임없이 쓰고 지우곤 했다.
수려한 그 자태
혹하지 않는 그 신앙심
이 세상에서
괜찮은 사람을 처음 만났네

만나고 싶었던 사람을 만나
나는 처음 사랑했네
그 강변, 헤이즐넛향을 마시며
나는 오늘 그대를 마주 보네
과분하네
눈부시네
숨 막히네
저문 날 총총
그대 내 가슴에 가득 쌓이네.

우리 집사람

살다 보면 집사람이 이뻐 보일 때가 있어요
여자 나이 60 지나면
잘난 년 못난 년 없다는데
동네사람들아 시간 나거들랑
우리 집 식탁에 한번 와 봐요
봄 여름 가을 겨우내
아름드리 피어있는 꽃밭을 보게 될 거예요
큰 쟁반 작은 연못에는
흑장미 베고니아 수선화 아이리스
봉선화 금잔화 구절초 하며
알음알음 외워둔 이름들이 참 많아요
소싯적 처음 뵙고 가슴 저렸던
처녀 담임 선생님의 모습이 보여요
중등시절 밤이면 밤마다
그대 생각에 잠 못 이룬다며
첫 연애편지를 써 보낸
그 이름도 거룩한 김연숙의 옆얼굴도 보이고요
해 저문 바닷가
진정으로 자기를 사랑한다면 떠나보내 달라며

노래방에서 18번 '부초'를 구슬프게 부르던
그녀의 눈물도 고여 있어요
그저께는 무학산 중턱에 상주하던
꿀벌 한 쌍이 다녀가기도 했어요
아 저 노랑나비 한 쌍은
이곳에서 보금자리를 틀고 싶다고
E-mail을 계속 보내오고 있어요
그래요 요즈음 우리 집사람 엄청 바쁜가 봐요
커피잔도 신품으로 구입하고
실내 커튼장식도 바꾸어야 하나 봐요
뭐 요리학원도 다시 나가야 한다나
특히 주말이면 작은애 내외가 온다며
게 된장국 끓이기에 영일寧日이 없어요
여러분 아직도 제 눈엔 안경이지만
매일 신명 나게 살고 있는
우리 집사람 어때요.

추석 성묘

서원골 언덕바지
홀로 잠드신 당신 곁에
팔베개로 누웠습니다
자꾸만 품 안에 들었을 때 자식이라는
그 말씀이 되살아나곤 했습니다
어머님, 당신의 어린 강아지
상혁 석호가 제 키만큼 자랐습니다
이제 제 생각이나 힘이 부칠
그런 날이 머지않았나 봅니다.
지아비로서 마땅히 해야 할 일이
무엇인지 두려워지기만 합니다
가질수록 자기를 더 낮추고
이 세상 불의와 타협하지 않는
진솔한 참나무로 가꾸는데
스스로 부끄럼이 없어야 하겠습니다
아니 회초리보다 더 소중한 것은
녀석들과 지아비의 인생이
분명히 다르다는 것을 일깨워 주시고
어머님, 항상 질책해 주옵소서.

나의 가을은

나의 콧수염 밑
코리반캅셀의 바이러스로부터 오겠지
내 어머님의 젖무덤은
막내둥이의 몸살로 잠시 휴업이다
나의 발톱도
자연법 앞에서는 신나는 오뚝이
꽃가루를 마시고 가로에 나서면
플라타너스는 마구 손을 흔들고
지구 위의 바람과
금모래빛의 새벽종 소리들
이 모두가
지금은 나의 자랑스러운 목마다

파리지앵의 의상이 아니어도 좋으련
한낱 돌멩이도 날개를
시름 앓던 비상의 비법을!
외계의 측면을 돌아
나의 실체를 벗기면
가는 곳마다 꽃바람의 물결

전신이 무너지는 자욱한 사과 내음

분수여
종일 질주하는 로터리여
아침은 사랑스러워질 것이다
언제나 손 시린 거울 앞에서
내 순금의 손빛은
야윈 하늘가로 흘러내리고
뜨락의 체온은
울음이 타는 도회의 강 속에 묻힐 것이다

빈 맘의 이야기와
긴 회랑의 불타는 벽화
그 아래 이상한 목숨으로 남아 있는
바람 위 무서운 중량으로
나의 예지는 쌓이고 있다
수세기 닫혔던 문으로 열리고 있다
가야금의 톱질하는 소리와
나의 육 손가락의 떨리는 체험들을
가을은 작도作圖하고 있다.

우울한 바람

1960년대 신마산역 부근엔
지나는 객들 이끄는
밤의 꽃들 있었다

술 취한 우리들
간혹 통행금지 피해
손쉬운 그곳을 택하곤 했었다

벗겨도 벗겨도
비릿한 내용뿐인 그 시간을
우리는 마치 탕진해야 할 낭만처럼
거기서 허우적거리기도 했었는데

미명의 아침 햇살 다가오기 전
마치 부끄러운 죄인처럼
황급히 그곳을 빠져나오곤 했는데

그때 그 막막한 이십오시의 시간
그래도 할인과 외상이 통하던

그 시간 그 거래가
어처구니없이 그리운 것은

그때보다 지금의 인정들이
더 팍팍해서 그런가
더욱 메말라서 그런가.

그 목마木馬는

꽃, 의자, 물장구치는 소리와
운동회장을 지나면
귀 익은 나의 실향失鄕이여
란도셀에서
구겨 넣은 팔랑개비의 익살에서
우리는 시작되었지
저 빛나는 유치乳齒
황금의 두 손을 흔들며
측정하기 어려운 몸짓으로
나직이 안겨 오는 흰 깁의 노래들
물보라여, 이상한 꽃으로 분장한 벽 낙서여
언제나 우리의 모험은
어둠에서 돋아나는 음악처럼
바람기를 올리고
가장 오랜 시간을 지나는 길목에서
많은 이웃의 목마름을 삼키며
우리는 질주하고 있었다
내 유년은 병이었다
마땅한 처방약이 없는 하나의 경이驚異였다.

강설降雪의 노래

엽신葉信들의 행렬 소리를 듣는다
도회의 목덜미서부터
세계의 꽃은
내 유년기의 바람을 일깨우며 과즙을 빨고 있다
나뭇등걸 사이
쓰러져 누운 시대의 등불을 헤고 있다
지난 풍속을 그리는 고목의 가지마다
열병을 예견한 내 종교의 일부
내 이웃의 아픔은 피어나고
나는 성에 낀 오만
새로운 습성을 위해
발톱이 잘린 내 관절의 통증을 달랜다
지난밤
나의 목마름은 관능의 무게로
무위의 종을 울리고 손을 흔들고
잠자는 언어의 바다
실의의 열기 속에 침몰하고 있었지
그와 함께
하나씩 둘씩 껍질을 벗는

세월의 파장
이상한 빛깔을 띤 생명의 나래들
욕망의 이름으로
깊숙한 내 의지의 계산으로
한 아름 생명의 불을 지피고 일어선다
킬리만자로여
내 생애 마지막 설교 같은
표범의 이마여, 이마의 표적이여
너의 실존
불가사의한 설인雪人으로
나를 경악게 할 수는 없는가
은쟁반 위
스물여섯 해의 경이가 쌓인 뜨락
가까이서, 더욱 멀리서
선잠을 깬 오랜 기침 소리가 들리고
모든 사물이 외투 깃을 털며
구두끈을 동여맬 때
나는 기억한다
대리석의 빛나는 노래를

아침이 열리는 목탄 속에서
광부의 눈과
죽은 에메랄드의 시어를 기억한다.

낙엽

그날 회의에서
마지막 토의 안건이 논의되었을 때
어디선가 조금씩 무너져 내리는 소리가
들려오고 있었다
맨 처음 발언자는 고추잠자리처럼 가뿐히
떠나 버리자고 했다
암말 않고 떠나야 한다는 자도 있었다
더러는 찔끔거리며 떠나는 게
어떠하냐는 자도 있었다

생각하면 봄 여름
그 새들의 찬란한 노래와 더불어
꽃이 피고 청잣빛 하늘이 되어
안식의 창을 열어주던
그러나 오늘은 지치고 몸 둘 바를 몰라
저리도 사위어만 가는가

그때 모 대학 미루나무 밑 벤치에서
자연법에 열중하고 있던 자가

의장, 긴급 발언입니다
떠나야 할 것인가가 아니라
돌아가야 할 것인가로 의제議題의 수정을
강력히 요구하며 나섰다
갑자기 회의장은 술렁이고
모두 상기된 표정을 지우며
분주히 자리를 뜨고 있었다.

5부

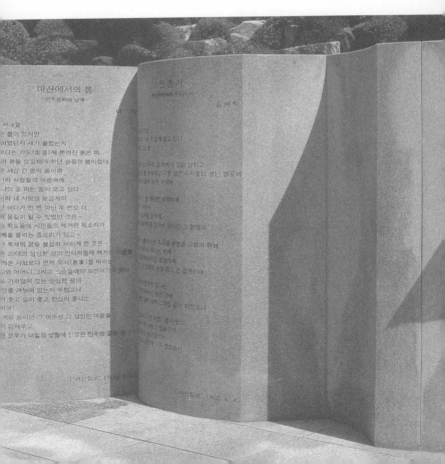

그날이 오면
— 3 · 15의거 7주년에 부쳐

일그러진 마음은
나부끼는 기폭처럼
회억回憶으로 숨진 종언終焉의 불꽃이었다

태양이 절규를 부르짖고
죄 없는 죄인이
독재의 발굽에 짓밟힌 채
자유의 깃발을 높이 들던 날

1960년 3월 15일
분노한 눈망울 마다
대로와 대로를 에워싸고
검붉게 수놓은 핏자국을 움켜보았지

세월은 흘러가도
한번 가 버린 발자취 위로
영영 돌아올 줄 모르는
살아생전 꿈도 많던
임들의 모습이여

어느 매몰스런 운명의 손짓이기에
생명은 꽃잎처럼 지고
저마다 침울한 표정을 안고
삶을 거부한 아우성에
선혈이 빗발처럼 흐르는가

내일을 위한 한 아름의 보람을 안은 채
이제 숨찬 호흡, 격한 분노도 거두시고
별을 헤는 풀 언덕 넘어
영원한 불사조가 되소서.

피 묻은 기억의…

— 3 · 15의거 8주년에 부쳐

여기 문둥이처럼 서러워해야 할
피맺힌 이야기가 있습니다
꽃이 피지 못해
파리한 이파리로 지워진
한 어린 연민의 가락이 있습니다

시청 앞에서, 시장 입구에서, 불종거리에서
탄흔에 이울진 3월의 꽃망울
바람이 스친 자국마다
흔들리는 표정, 주름진 세월, 구멍 뚫린 심장
거기 또다시 내가 서면
못다 부른 노래
체온이 싸늘히 식어 버린
눈뜬장님의 벌거벗은 과거가 있습니다

산의 분노를 아시냐고요
아낙의 눈물을 보았냐고요
거리의 함성을 들었냐고요
그와 함께 짓밟힌

내 육신의 파편 조각이여

소복 입은 그날의 어머니여
어른이 된 그날의 장한 소녀여, 소년이여
벙어리 냉가슴만 앓을 수는 없습니다
창동 네거리에서, 남성동파출소 앞에서도
그날의 얼룩진 깃발을
내 조국의 우렁찬 함마 소리를…

여기 3월이 오면
누더기 걸치고 누워
차마 불러보지 못한 피 묻은 기억의
못다 나눈 사연이 있습니다
내 조국의 얼이, 맥박이 있습니다
그날이 오면, 그날의 3월이 오면.

죽어 말하는 나무들에게
— 3 · 15의거 12주년에 부쳐

오래 불러보지 못한 노래를 부르듯
해마다 3월이면
아픈 기억으로 오는 그대들

지금은 죽어 말하는 나무 되어
어깨를 펴며 서서히 일어서고 있네

밀 한 알 떨어져 죽으면 많은 열매 맺으리니
죄 없는 죄인 되어
누더기 걸친 채 조용히 잠들던 날
어머님, 가장 괴로워하며 들려주시던
당신의 슬픈 이야기는
이제 거두어 주십시오

마다한 그 고운 이름
별의 시간 위로 찬란히 빛나고
당신의 눈물 속에 깃드는 사랑처럼
헐벗은 조국의
굵은 외올실이 되어

천의 눈, 만의 가슴을 잇는

어머님
푸르름을 향한 거룩하고
영원히 우리 안에 살아 있는
죽어 말하는 나무들을 보십시오.

영준 형에게 띄우는 3월의 편지

— 3·15의거 20주년에 부쳐

어느덧 3월 그날이 돌아왔습니다. 그곳은 어떠한지요. 근심 걱정이 없고 아름답기만 한 세상이라는데 정말 그러한지요. 너무 오래도록 소식 전하지 못하고 물경 20년 만에, 이렇게 안부를 묻는 저를 용서해 주십시오.

그날 처음 형을 뵌 것이 1960년 도립마산병원 입원실에서였습니다. 그러니까 3월 16일 새벽녘이었죠. 저는 3월 15일 밤 7시경 시위에 참가했다 경찰이 쏜 총을 맞고 시청으로 끌려가 응급조치를 받은 후 병원에 후송되었지요. 심한 출혈로 인하여 얼마 동안 의식을 잃고 있다 눈을 떠 보니 제 곁에 누군가 누워 있었습니다.

제가 정신이 좀 더 맑은 것 같아 고개를 돌려 물었죠. "나는 다리에 총을 맞았는데 어디를 다쳤습니까?" 형은 제 물음에 "배에"라는 짧은 한마디와 함께 손으로 아랫배를 가리켜 주기만 할 뿐 더는 말을 잇지 못했습니다. 몇 시간 후 저는 다른 병실로 옮겨지고 형은 곧 응급 수술실로 이송되었던 것으로 기억됩니다.

그것이 이 세상에 있어 형과의 첫 만남이었고 또한 마지막 이별의 한순간이 되었던 것입니다. 간호사들의 이

116

야기는 아랫배에 총알이 관통, 상처 난 대장을 몇십 센티미터 잘라 내야 했기 때문에 몹시 위독한 상태라 하였습니다. 그리고 이틀 후, 어머니의 손을 꼭 잡은 채 조용히 눈을 감았다는 형의 마지막 모습을 전해 주었습니다.

형의 이름은 김영준金永濬, 그해 마산고등학교를 갓 졸업, 대학 진학을 준비하고 있던 착하고 꿈 많던 청년이었지요.

형, 3월 15일 그날 밤 마산 시가지 곳곳에서 "부정 선거 다시 하라", "독재 정권 타도하자"라는 외침과 함께 이승만 자유당 정권의 부정과 불의에 항거하여 시위가 계속되었지요. 우리는 함께 시위대에 참가하여 저들의 앞잡이 경찰과 당당히 맞서 싸웠지요. 우리의 최종 목표는 마산시청을 점령하는 것이었죠. 왜냐하면 그곳에서 부정선거 개표가 진행되고 있었기 때문에 이를 저지하기 위해서였죠.

수십 차례의 전진 후퇴가 계속되고, 경찰은 완전 무장한 채 시청 앞에서 최후의 방어진을 쳐놓고 우리를 가로

막고 있었죠. 어느 시점에서 최루탄이 발사되고, 곧이어 공포탄 소리가 밤하늘을 메아리쳤습니다. 그래도 우리가 물러서지 않고 계속 전진하자 곧바로 실탄 사격이 시작되었지요.

그때 맨 앞장서 싸우다 피 흘리며 쓰러지던 용맹한 형들의 모습이 지금도 눈에 선하게 다가옵니다. 그날 밤목이 터지라고 불렀던 "전우의 시체를 넘고 넘어 앞으로 앞으로…"〈전우가〉의 노래, 형도 잘 기억하고 있겠지요.

형, 우리는 왜 저들과 맞서 싸워야만 했던가요. 왜 같은 형제에게 총부리를 겨누어야 했던가요. 붉은 선혈로 산화한 그 어린 목숨들의 책임을 누가 져야 하는가요. 20년이 지난 지금, 우리가 그렇게 열망했던 행복한 나라가 이루어졌는가요. 우리가 그렇게 목말라했던 자유, 민주, 정의가 강물처럼 흘러넘치고 있는지요.

형, 지금까지 잘 지켜보셨지요. 가난하고 어리석은 백성을 하늘처럼 위한다는 그들 군부 독재에서부터 수많은 위정자가 저질러 온 더러운 작태들을. 또 지금 현실은 어떠합니까. 뭐 더 나아지고 달라진 게 있습니까. 오히려 더 부정부패가 난무하고, 서로 기만하고, 당리당욕에 사로잡혀 국민들의 안위는 안중에 없습니다. 저 높은 작자들의 무뢰함을 보십시오.

형, 그래도 우리가 그렇게 소망하던 그 꿈과 희망을 버려서는 안 됩니다. 형과 함께 먼저 가신 분들의 죽음이 헛되지 않도록 부끄럽게나마 살아남은 저희들이 기필코 이루어낼 것입니다. 조금만 더 지켜봐 주십시오.

형, 다음 소식 전할 때까지 편안하소서.

다시 오는 4월에
— 4 · 19혁명 26주년에 부쳐

엊그제 모교 학보사 기자 내방,
명색이 선배 시인이랍시고
4 · 19혁명 특집에 게재할 시 한 수 청탁받다

곰곰 생각하니 그들의 표정은
마산 불종 거리에서
처음 타오른 그날의 횃불이
광화문 네거리로 활활 이어져
죽었던 자유가 되살아나고
정의가 강물처럼 이 산하를 적셨던
이야기를 부탁한 것은 아니었다

그날 경무대며 중앙청 앞에서
죄 없는 내 형과 누나가
야수들이 쏜 흉탄에 심장이 펑펑 뚫려
풀잎처럼 쓰러져 간 그 눈물의 현장을
상투적이고 절제된 몇 낱의 언어로
회상해 주기를 원한 것은 더욱 아니었다

나는 알고 있었다
그들의 번뜩이는 눈빛의 의미를
그날로부터 스물여섯 해가 지난 오늘
우리가 선혈로 찾은
자유, 민주, 정의의 푸른 깃발이
아직도 어둠에 묻혀 끙끙 몸살 앓고 있는
이 땅의 고뇌와 아픔을
낱낱이 증언하길 간절히 열망했으리니

괜찮다, 괜찮다, 괜찮고말고
사랑하는 아우들이여
뜨거운 지성이여
내 부끄럼 없이 말하노니
불의와 타협하는 자
민의를 저버리는 자
진리를 욕되게 하는 자
그들은 살아도 산 자가 아니다
죽어도 죽은 자가 결코 될 수 없다

보라, 자운영 향기 그윽한 수유리 언덕
모국어 부둥켜안고 잠들어 있는
그날의 젊은 사자, 조국의 수호신들
우리 가슴속 깊이 영원히 살아
숨 쉬고 있음을 와서 보고 증거하라.

그대 이름을 다시 불러본다

— 3·15의거 30주년에 부쳐

1
여기는 구암동 애기산 중턱
이름 없는 풀꽃과 더불어
아직도 두 눈 감지 못하고 누워 있는
서러운 얼굴들이 있다

1960년 3월 15일
불종 거리에서
남성동에서
더러는 시청 앞에서
독재와 불의에 항거타
풀잎처럼 쓰러져 간 열두 꽃봉오리
오늘은 죽어 말하는
한 그루 나무 되어
조국의 하늘 지켜보고 있다

그날 거리마다
정의가 강물처럼 흘러넘치던
젊은 사자들의 함성

그들 자유의 푸른 깃발을
당신은
서슴없이 증언해야만 한다

2
선혈 선혈 선혈
누구이든가
내 형, 아우의 심장에
흉탄을 비수처럼 꽂은 자는

김영길(18세, 복부腹部 관통)
김용실(18세, 흉부胸部 관통)
김영준(20세, 복부 관통)
김영호(19세, 두부頭部 관통)
김효덕(19세, 두부 관통)
김종술(17세, 차량 충돌)
김삼웅(19세, 복부 관통)
김주열(17세, 두부 관통)
김평도(39세, 두부 관통)

전의규(18세, 두부 관통)
오성원(20세, 흉부 관통)
강융기(20세, 두부 관통)

그날
자유의 이름
어머니의 이름을 목놓아 부르며
장렬히 산화한
마산의 얼이여, 대한의 아들이여.

자유의 이름으로

세계의 역사를 살펴보건대
나라가 위기에 처했을 때
자기 한 몸 풀잎처럼 내던져
조국을 구한 전설 같은 실화를
우리는 많이 들어 왔다

하물며 그 나이
겨우 열대여섯에서 스물 남짓
한참 꿈 많은 청춘을 송두리째
조국을 위해 피 흘리며 바친
그 젊은 넋들의 이야기를
우리는 다시 한 번 기억해야 한다

그들은 오직 하나
부정과 불의에 짓밟힌 민의民意와
강탈당한 자유
민주의 푸른 깃발을 되찾기 위해
불종 거리에서, 남성동파출소 앞에서
독재 정권에 항거해 용감히 싸웠다

죄 없는 그들은
독재의 앞잡이 야수들이 쏜 흉탄에
심장이 펑펑 뚫려
선혈 선혈 선혈로 물든 채
사랑하는 어머니의 이름을 목놓아 부르며
장렬히 산화했다

그들은 이 땅에 정의가 강물처럼
흘러넘치기를 소원했다
그들은 이 땅의 어진 백성이
자유를 마음껏 구가하며 살기를
간절히 갈망했다

그날로부터
서른 해가 지난 오늘
아직도 조국은 어둠에 묻혀 있다
그들 염원의 등잔에 불 밝히지 못한 채
시름을 앓고 있다

내 살아 있는 자의 부끄러움으로
감히 말하니
척박한 이 땅
자유의 이름으로
민주의 이름으로
평화와 광명이 파도처럼
온 산하를 넘칠 날 도래하리니

진달래 만발한 애기봉 언덕
모국어 부둥켜안고 누워 있는
그날의 젊은 사자
조국의 수호신들이여
이제 온갖 근심 걱정 떨쳐 버리시고
조용히 잠드소서, 눈감으소서.

불사조
— 3 · 15의거 40주년에 부쳐

무학산이 울렁일 때가 있다
언제나 의젓했던 그 무학산이
어깨 들먹이며
사나이처럼 울 때가 있다

그리고
노을빛 이마 번뜩이며
잠자는 마산 앞바다 추슬러
해일로 일으켜 세울 때가 있다

그것이 3 · 15였다

그 울림에
온 마산이 들끓었다
젊은이들이 용암처럼 분출했다

더러는
눈망울에 최루탄 꽂고
쓸쓸히 바다에 떠오르기도 했지만

총탄에 온몸을 잃기도 했지만

그때 그 무학산
마산은 역사 속에 살아 있다

마산 앞바다 그 해일 때문에
마산은 불사조로 살아 있다.

어머님 전 상서上書
— 3·15의거 50주년에 부쳐

　제가 어머님 곁을 떠난 지 어언 50년의 세월이 흘렀습니다. 그동안 이곳 소식 변변히 전해 드리지 못한 못난 자식을 꾸짖어 주옵소서. 맑고 그 고운 모습 여전히 간직하고 계시겠죠.

　그날 밤 만류하시는 어머님의 손길을 뿌리치고 거리로 뛰쳐나갔을 때 가는 곳마다 화산이 용솟음치고 있었습니다. 아니, 그것은 거대한 해일이었습니다. 우리는 전우가와 해방가를 소리 높여 부르며 저들의 방어벽을 향해 돌진해 나갔습니다. 오직 하나, 온갖 부정과 불의를 저지르면서 이 땅의 어진 백성 위에 군림하고 있는 저들의 만행을 타도해야 할 일념 뿐이었습니다.

　어머님, 우리들의 심장을 겨누고 있는 독재자의 하수인, 저들의 총구를 보십시오. 아무 죄 없는 형, 누나, 급우들이 흉탄에 하나둘 쓰러져 가고 있습니다. 우리는 결코 이대로 물러설 수 없습니다. 이 한 목숨, 조국의 영화榮華를 위해 초개草芥처럼 버리겠습니다.

탕, 탕, 탕, 갑자기 가슴이 저리어 옵니다. 몸이 말을 듣지 않습니다. 온갖 생각과 기억들이 안개처럼 사라지고 있습니다. 어머님께 달려가고 싶지만… 마지막 작별 인사를 드리지 못하고 홀연히 떠나온 이 불효막심한 소자를 용서해 주옵소서.

그동안 어머님이 계시는 마을 소식은 풍문으로 종종 들려왔습니다. 저희들이 목숨 바쳐 뿌린 자유의 씨앗이 상록수 되어 무럭무럭 잘 자라고 있다는 소식도 익히 알고 있습니다. 시인 타고르가 예언했듯이 동양의 등불은 지금 구석지고 어두운 세상천지 두루두루 환하게 불 밝히고 있으리라 믿습니다. 그리고 가난하고 척박했던 이 땅 한라에서 백두 상상봉 개나리, 진달래, 철쭉들이 웃음보를 터뜨리고 있겠지요.

어머님, 당신께서 늘 일러주신, 거짓 없이 곧고 바른 세상을 위해 살아가야 한다는 그 뜻마저 곧 이루어질 날이 올 것입니다. 이제 참아 오신 온갖 슬픔과 분노 거두시고 마음 편안히 쉬시옵소서.

어머님, 그립습니다. 보고 싶습니다. 사·랑·합·
니·다.

역사적 상상력과 인정 투쟁

— 변승기 시의 의미

김 경 복(문학평론가 · 경남대 교수)

　한 사람의 생애를 압축하면 한 권의 책이 될 것이다. 그 책은 생의 명암明暗과 파란만장波瀾萬丈이 담겨있어 어쩌면 빼 들기가 겁이 날지도 모른다. 한 생애를 읽고 경험한다는 것은 또 하나의 삶을 살아보는 일이다. 그래서 책을 대하는 자세가 엄중하고 숙연할 수도 있다. 그런데 책은 마치 이브의 사과처럼, 판도라의 상자처럼 우리를 홀린다. 압축된 한 생은 어떠한 내용을 담고 있든 빛나기 마련이다. 압축에 의해 생긴 힘의 응집이 요요夭夭한 빛을 흘려 우리를 신비한 세계 속으로 이끄는 것이다.

　여기 한 권의 책이 있다. 변승기 시인의 시집이다. 앞에서 말한 대로 한 생애를 담고 있다. 여타 시집들이 보통 3년에서 5년의 경험을 시집으로 묶어내는 것이라면 이 시집은 말 그대로 한 생애의 경험을 묶고 있다. 살펴보면 약 10대부터 60대까지 쓴 작품들이 다 한 자리에 모아진 셈이니, 이 시집 속에는 60여 년의 세월이 담겨져 있는 것이다. 그야말로 한 사람의 생애가 한 권의 책으로 압축된 모습이다.

처음 대하는 사람에겐 그것이 너무 무겁고 엄숙하여 두려울지도 모르겠다. 그러나 이미 말한 바 있는 것처럼 압축은 힘의 응집, 생의 굴곡이 파노라마처럼 빛을 발해 우리로 하여금 읽지 않을 수 없게 한다. 책은 무거움을 털고 그 생의 신비한 세계로 우리를 초대하고 있는 것이다. 변승기 시인의 삶이 압축된 한 권의 책으로 우리는 어쩌면 정말 살아보고 싶었던 하나의 생을 덤으로 살아보게 될지도 모른다.

그렇게 생각한다면 산다는 것은 남기는 것이라 할 수 있다. 즉 일상적 현실에서 삶의 정수精髓만을 모으고, 그다음 그것들을 다시 응축하여 글로 남기는 것이다. 보통 사람은 이것을 여러 권의 책으로 수행한다. 그러나 비범한 사람은 이것을 더욱 압축하여 그야말로 한 권의 책으로 끝낸다. 한 권의 책으로 자신의 삶을 대변하는 사람은 그러므로 보통 사람들이 가질 수 없는 의지와 결단이 그의 영혼 안에 들어있다고 할 수 있다. 강하고도 곧은 결기의 힘이 그의 삶을 지탱해주고 그 힘으로 자신의 역사마저 한 개의 영롱한 응축물로 만들어내는 것이다.

변승기 시인이 꼭 그렇다는 것은 아니다. 그러나 그의 이번 시집을 읽어보면, 하나의 생이 이렇게 파란만장하게 펼쳐질 수 있고, 그 생 속에서 추구하는 마음의 결이 얼마나 순정하면서도 치열한 상태로 기록되고 있나를 느끼게 됨으로써, 이 시집은 하나의 수정과 같은 영롱한 응결의 대상이 된다고 말할 수 있다. 작품의 아름다움은 그것의 언어적 형식미에서도 발생하지만 작품의 내용이 되는 한 생애의 흐름이 얼마나 진실되고 치열했나에서 더욱 발생한다고 볼 때, 이 시집은 먹먹한 감동을 줄 요소가 너무도 명확하게 들어차 있는 것이다. 따라서 한 생애가 담겨있다는 무게감보다 그 속에 배여들어 있는 치열한 정신에서 발생하는 요요한 빛무리에 우리의 한 생애도 맡겨볼 겸 들어가 볼 필요가 있다.

역사에의 참여와 증언적 상상력

한 시인의 특색을 파악하는 일은 어렵고도 힘든 일이다. 그러나 사태의 본질을 직관할 수 있는 눈을 갖추고 있다면 한 시인의 특색을 아는 것이 그리 어려운 일은 아니다. 어쩌면 하나의 현상만으로 우리는 그 시인의 지향과 내면의 고뇌를 너끈히 짐작해 낼 수도 있다. 변승기 시인의 생애가 빼꼭히 들어차 있는 이번 시집에서 변 시인만의 특질을 끄집어내기란 일단 어려운 일이라 할 수 있다. 생애 전체를 관통해 보아야 하고, 그것들의 변화의 과정을 모두 짚어 볼 수 있어야 하기 때문이다. 그러나 어떤 시는 변시인의 전체를 계시하고 그의 내면이 지향하는 움직임의 핵심을 드러내 보여주기도 한다. 그 것을 직관적으로 파악할 수 있다면 그의 생애를 가로지르며 그의 시를 이해하는 것은 그리 큰 어려움은 아닐 것이다. 그 시는 다음과 같다.

> 그때 모 대학 미루나무 밑 벤치에서
> 자연법에 열중하고 있던 자가
> 의장, 긴급 발언입니다
> 떠나야 할 것인가가 아니라
> 돌아가야 할 것인가로 의제議題의 수정을
> 강력히 요구하며 나섰다
> 갑자기 회의장은 술렁이고
> 모두 상기된 표정을 지우며
> 분주히 자리를 뜨고 있었다.

> – 「낙엽」 부분

　이 시는 1967년 경남대학보에 실린 작품이다. 아마 변시인의 작품 중에 공적 매체에 처음 발표된 작품 중의 하나가 아닌가 한다. 이 시를 보면 변시인의 시적 기질이라 할 수 있는 한 특질을 파악해 볼 수 있다. 그것은 바로 '시적 발상의 혁신'이다. 달리 발상의 전환이라 불러도 좋을 내용이 이 시에 들어있다. 낙엽의 입장에서 쓴 시에서 그것은 "떠나야 할 것"과 "돌아가야 할 것" 사이에 발생하는 의식의 충돌에서 발생한다. 떠나가는 것은 마지못해 움직이는 사람의 행동을 가리키는 말로서 수동적이고 소극적인 삶을 의미한다. 그에 비해 돌아가는 것은 시기가 임박하여 결단을 내리는 것으로 능동적이고 적극적인 삶을 의미한다. "의제 수정을/강력하게 요구하며 나섰다"의 구절은 이를 뒷받침하는 표현이다. 수정과 요구는 적극적 삶의 형태, 즉 결단하는 사람들이 갖는 기질적 인자들이라 할 수 있기 때문이다.

시작 초기부터 의지적 결단을 그의 시적 특질로 유감없이 보여주고 있는 이 시에서 문제는 결단의 실체적 내용과 작가의 대리인으로 등장하는 "모 대학大學 미루나무 밑 벤치에서/ 자연법에 열중하고 있던 자"의 정체다. 이두 내용은 서로 상호 연관되어 있는데, 시적 정보로 볼때 먼저 파악해 볼 수 있는 것은 회의장의 판도를 바꾼자의 정체다. 그 자는 대학생의 신분으로 지성과 열정을 가졌고, 당대의 현안에 대해 숙고하고 있다가 "긴급 발언"을 통해 자기 나름의 해결책을 제시하고 있는 긍정적 인물이다. 이러한 인물의 등장은 60년대 말의 정치적 현실로 볼 때 당대 현실에 대해 적극적 발언을 해야 한다고 보는 사람들의 입장을 대변하는 것으로 볼 수 있다. 시인이 "돌아가야 할 것"을 강조하고 있는 것은 그 말 속에서 어떤 원칙이 무너졌음을 암시하고 있고, 그래서 다시 원칙의 첫 출발지로 돌아가 다시 시작해야 할 것이라는 의견의 제시로 해석할 수 있는 것이다. 이는 "자연법"이라는 말에서 짐작할 수 있다. 자연법은 자연이 갖는 순환과 청신에도 그 뜻이 들어있지만 그것보다 자연의 특성이 법으로 화했을 때 갖는 모든 생명체들의 자유와 평등의 정신에 그 본질이 내포되어 있다. 따라서 "자연법에 열중하고 있"다는 내용은 주체의 행동에서 떠나가 듯 도피해야 하는 것이 아니라, 자연의 이치에 맞추어 자유와 평등의 정신으로 돌아가 행동할 것을 촉구하는 메시지로 볼 수 있는 것이다.

이는 변시인의 시작 자체가 매우 현실적이고 정치적 결단을 전제로 하여 쓰여지고 있음을 보여준다. 거기에 놓여있는 의식의 바탕은 발상의 전환에서 발생하는 혁신에의 본능적 지향이다. 따라서 이 점을 감안하고 본다면 결단의 실체적 내용은 현실적 삶에서의 정체나 왜곡에 대한 본능적 저항이나 몸부림으로서 혁명에 대한 열정이다. 제목 '낙엽'으로 비유된 대상은 잘못된 현실을 박차고 나와 근원으로 돌아가 다시 시작할 것을 다짐하고 실천하는 혁명적 존재들인 것이다.

이러한 인식은 그의 초기 시편들에서 다양하게 변주되어 나타난다. 다음 시편들이 그런 양상을 여실히 보여준다.

언제나 우리의 모험은
어둠에서 돋아나는 음악처럼
바람기를 올리고
가장 오랜 시간을 지나는 길목에서
많은 이웃의 목마름을 삼키며
우리는 질주하고 있었다
내 유년은 병이었다

마땅한 처방약이 없는 하나의 경이驚異였다.

- 「그 목마木馬는」 부분

하나씩 둘씩 껍질을 벗는
세월의 파장
이상한 빛깔을 띤 생명의 나래들
욕망의 이름으로
깊숙한 내 의지의 계산으로
한 아름 생명의 불을 지피고 일어선다
킬리만자로여
내 생애 마지막 설교 같은
표범의 이마여, 이마의 표적이여
너의 실존
불가사의한 설인雪人으로
나를 경악게 할 수는 없는가

- 「강설降雪의 노래」 부분

이 두 편의 시는 역시 1970년 경남대학보에 실린 초기 작품들이다. 시적 내용의 의미심장함에다 언어적 형식미도 깔끔하게 처리되어 시작의 초기를 알리는 변시인의 시적 재능이 범상치 않음을 충분히 알 수 있게 한다. 문제는 시의 지향성으로서 담겨 있는 내용이다. 우선 「그 목마木馬는」에서 시적 화자는 "언제나 우리의 모험은/ 어둠에서 돋아나는 음악처럼/ 바람기旗를 올리고"에서 볼 수 있는 것처럼, 밝음을 향하여 깃발을 올리고 전진

하는 모험적 존재로 나타난다. "어둠에서 돋아나는 음악"은 올바름을 갈망하는 민중의 소리를 상징할 것이다. 그 소리는 '바람기'를 전면에 내세우고 세상으로 확산되어 갈 터이지만, 이는 쉬운 일이 아니다. 왜냐하면 그것은 "많은 이웃들의 목마름을 삼키"어서 대신하는 것이기에 목숨을 내놓아야 할 정도로 엄중하고 살벌한 '모험'과 같은 것, 다시 말해 '병'과 같은 것이다. 그렇지만 그것은 바람기를 올리고 대지로 무한히 '질주'하는 성질을 지녔기에 "하나의 경이驚異"인 셈이다. 이것은 무엇을 말함인가? 바로 혁명의 발생과 전개의 모습을 시적으로 상징화한 것이라 볼 수 있다. 질주로 상징화된 병적 모험은 강렬한 혁명에의 욕망과 움직임을 표현한 것이다.

이 점은 「강설降雪의 노래」에서도 마찬가지다. 이 시는 불과 일어섬의 시라 할 수 있다. "욕망의 이름으로/ 깊숙한 내 의지의 계산으로서/ 한 아름 생명의 불을 지피고 일어선다"는 표현은 강렬한 삶의 의지, 즉 자유로운 생명으로 살고 싶은 의지를 드러낸 것이다. 가히 앞의 시 '질주'와 '모험'이 보여준 운동성의 전형을 역시 담고 있다. 때문에 눈이 내림에도 불구하고 그 눈의 차가움을 이겨내는 '킬리만자로의 표범의 실존', 즉 "불가사의한 설인雪人"으로 살아가고 싶은 열망을 강렬하게 표출하게 된다. 눈과 겨울이 갖는 억압성을 오히려 초월하는 설인의 이미지를 가져옴으로써 "너의 실존"이 바로 불과 일어섬의 운동성에 놓여 있기를 변승기 시인은 간절하게

바라고 있는 것이다. 이것은 변승기 시인의 내면에서 이는 힘과 열정이 모든 사물로 하여금 열과 움직임에 놓이게 하지 않고서는 배겨내지 못한다는 것을 말해준다. 그래서 그의 시는 항상 꿈틀거리고 일어서 앞으로 움직여 나간다. 이것을 우리는 운동성의 시적 경향이라 이름 붙일 수 있지 않을까?

이것은 결국 변승기의 초기 시가 일정한 방향성을 갖고 있음을 말해주는 것이라 할 수 있다. 특히 이러한 경향은 변시인의 정치적 무의식에 의해 발생하고 있음도 짐작할 수 있는 것이다. 그렇다면 변시인은 왜 이러한 발상과 인식을 가지게 되었는가 하는 점을 우리는 궁금하게 생각해 볼 수 있다. 이러한 행위와 충동의 밑바탕에 그의 시집 전체를 아우르는 충격적인 사건, 3 · 15의거의 체험이 놓여 있음을 보게 된다. 그는 실제 마산에서 3 · 15의거에 참여했고, 거기서 입은 상처(다리에 입은 관통상)를 평생 가슴과 몸에 달고 살아야 했으며, 그로 인해 그의 삶 전체가 얼룩져 있음을 여러 편의 시로 보여주고 있다. 그 중에서 다음 시가 가장 절실하게 우리의 가슴을 울리는 작품이 아닐까 한다.

어느덧 3월 그날이 돌아왔습니다. 그곳은 어떠한지요. 근심 걱정이 없고 아름답기만 한 세상이라는데 정말 그러한지요. 너무 오래도록 소식 전하지 못하고 물경 20년 만에, 이렇게 안부를 묻는 저를 용서해 주십시오.

그날 처음 형을 뵌 것이 1960년 도립마산병원 입원실에서였습니다. 그러니까 3월 16일 새벽녘이었죠. 저는 3월 15일 밤 7시경 시위에 참가했다 경찰이 쏜 총을 맞고 시청으로 끌려가 응급조치를 받은 후 병원에 후송되었지요. 심한 출혈로 인하여 얼마 동안 의식을 잃고 있다 눈을 떠 보니 제 곁에 누군가 누워 있었습니다.

　제가 정신이 좀 더 맑은 것 같아 고개를 돌려 물었죠. "나는 다리에 총을 맞았는데 어디를 다쳤습니까?" 형은 제 물음에 "배에"라는 짧은 한마디와 함께 손으로 아랫배를 가리켜 주기만 할 뿐 더는 말을 잇지 못했습니다. 몇 시간 후 저는 다른 병실로 옮겨지고 형은 곧 응급 수술실로 이송되었던 것으로 기억됩니다.

　그것이 이 세상에 있어 형과의 첫 만남이었고 또한 마지막 이별의 한순간이 되었던 것입니다. 간호사들의 이야기는 아랫배에 총알이 관통, 상처 난 대장을 몇십 센티미터 잘라 내야 했기 때문에 몹시 위독한 상태라 하였습니다. 그리고 이틀 후, 어머니의 손을 꼭 잡은 채 조용히 눈을 감았다는 형의 마지막 모습을 전해 주었습니다.

　형의 이름은 김영준金永濬, 그해 마산고등학교를 갓 졸업, 대학 진학을 준비하고 있던 착하고 꿈 많던 청년이었지요.

　형, 3월 15일 그날 밤 마산 시가지 곳곳에서 "부정 선거 다시 하라", "독재 정권 타도하자"라는 외침과 함께 이승만 자유당 정권의 부정과 불의에 항거하여 시위가 계속되

었지요. 우리는 함께 시위대에 참가하여 저들의 앞잡이 경
찰과 당당히 맞서 싸웠지요. 우리의 최종 목표는 마산시청
을 점령하는 것이었죠. 왜냐하면 그곳에서 부정선거 개표
가 진행되고 있었기 때문에 이를 저지하기 위해서였죠.

- 「영준 형에게 띄우는 3월의 편지」 부분

아아, 역사적 사실의 실체가 이렇게 생생하고 비참하
며 처절할 수 있는지를, 이 시를 보고 새삼 느꼈다고 말
하면 과장된 것일까. 우리는 이미 많은 역사서를 통해
민중들의 저항과 혁명이 처참하게 압제자에 의해 짓밟
히는 것을 글로 보았다. 그러나 당사자들에 의해 당시의
현장과 문제점을 적나라하게 폭로하고 고발하는 경우는
많이 보지 못했다. 대부분의 자료가 관찰자나 역사가에
의해 그 당시의 역사적 편린들로 재구성된 경우가 많았
기 때문이다. 그렇지만 이 시에서 변승기 시인은 자신이
역사적 주체와 실체로서 당시 마산상고 1학년생으로
3 · 15마산의거에 참여했고, 부상을 당했으며, 무엇을 위
해 투쟁하고 피를 흘렸는지를 소상하게 밝히고 있다. 그
리고 그 비참함과 장렬함을 의연하면서 감동적이게 기
술하고 있는 것이다.

1960년 3 · 15의거가 발생한 지 20년이 지난 뒤 쓰여
진 이 시는 회상의 형식으로 되어 있지만 당시 현장의
긴박함과 처절함이 생생하게 담겨있다. 시편을 따라 읽
어가면 죽음과 삶이 교차하는 곳에서 무엇이 이들로 하

여금 목숨을 내놓고 이러한 일을 해야만 하였는가 하는 의문과 나는 이와 같은 상황에 놓였다면 어떻게 행동했을까 하는 자문으로 인해 마음 한 구석이 비장해지다 못해 처연해진다. 시선을 돌려버리면 이들의 죽음에 무관심한 이기적 시민이 될 것이다. 그러나 시는 시적 화자 스스로 이 대열에 뛰어들어 상처를 입었음에도 불구하고 죽은 김영준 형의 대의와 그 꽃다운 젊은 죽음에 아파함으로써 보는 사람들도 이런 감정을 가지게끔 유도하고 있다. 즉 진정한 주체로서 가져야 할 자유민주주의의 시민의식이 무엇인지를 끝없이 심문하게 만듦으로써 시적 의도는 궁극적 목적으로서 현재의 우리가 어떻게 살아가야 할지를 성찰하게끔 한다.

그것은 무엇을 말함일까? 그것은 이 시 속의 화자가 살아남은 자로서 영준 형과 같이 죽은 사람에 대한 미안함의 부채의식보다 더 중요한 의미로서 시민정신의 올곧은 계승을 말하고 함이 아닐까. 생략된 시의 후반부는 오늘날 우리 현실에서 이와 같은 3·15의거정신이 계승되지 못하고 무뢰한들로부터 짓밟혀지는 상황에 대해 분노해 하며 과거의 역사적 상황을 잊지 않을 것을 다짐하고 있다. 이 점에서 이러한 시들은 추모의 시라기보다는 현재의 역사적 현실에서 있어야 할 위대한 시민정신의 고양과 예찬, 그리고 자신의 다짐에 그 취지의 본질이 있다. 즉 당대 역사적 현실에 참여한 변시인이 이를 자각하고 실천하기 위해 이와 같은 형식의 시를 여러 편

짓고 이를 각종 매체에 발표하고 있었던 것으로 짐작할
수 있는 것이다.

그런 점에서 그에게 시는 역사적 기록이자 증언이다.
이를 잘 보여주는 시가 다음과 같은 작품일 것이다.

뒷골목의 낙수落水에서부터
알프스 산정에 버려진
기침 소리 하나에 이르기까지
예리하게 감격게 하는
무량의 치아를 보라

어느 때는
노점의 휴지통에 사지가 찢겨
조금은 지쳐 있지만
그의 총구는 뜨겁게 열려 있다

계속하라, 증언이여
고발하라, 산 자여
언제나 무너진 곳에서 꿈틀대는

세계의 식탁은
서서히 통증을 느끼고 있을 것이다
수챗구멍이나 지렁이 심장에 이르기까지
소금을 치고 있는
그의 실체를 우리는 경험할 것이다.

　　　　　　　　　　　　　　　－「석간夕刊」 부분

이 시에서 "계속하라 증언이여/ 고발하라 산 자‰여"라는 시 구절은 그의 가슴 속에 깃든 영혼의 강령이자 피로 새긴 계명이다. 그의 입은 마치 "조금은 지쳐있지만/ 그의 총구銃口는 뜨겁게 열려 있다"에서처럼 뜨겁게 타오르면서 현실적 삶의 부패와 타락에 대해, 그리고 3·15 의거정신의 변질에 대해 비판의 칼날을 세운다. 그의 시는 이 증언과 고발로 인해 결코 썩지 않는 진리의 상징인 '소금', 즉 "소금을 치고 있는/그의 실체를 (우리는) 경험할" 수 있게 만든다고 할 수 있는 것이다.

가히 역사적 상상력에서 증언적 상상력으로 발전해 가는 이와 같은 시는 변승기 시인의 시적 인식의 발전 도상에서 볼 때 너무나 당연하고 자연스러운 현상이다. 증언적 상상력은 공적 담론에서 정론적 성격을 갖고 있음으로 인해 약간의 계몽과 설득의 어조를 띠게 됨은 필연이다. 변승기 시인의 시가 이 점에서 청자지향적 성격을 갖게 됨은 그의 생애적 특수성과 이를 반영하는 시적 대응에서 자연스럽게 형성되는 시적 특이성이라 할 수 있다. 이러한 특이성은 이후 그의 시적 전개의 원인이자 동력이 된다.

시민정신의 왜곡에 대한 비판과 민중에 대한 사랑

변승기 시인의 초기 시가 갖는 발생학적 원인을 고려하고, 그에 대한 시적 대응의 양상을 생각해 보면, 그의 시는 역사적 상상력에 의해 전개되고 있음은 너무나 당연하다 할 수 있다. 그때 증언과 고발은 필연적 귀착 요소이고, 이 역사의 의미부여에 대해서 작가는 너무나 큰 사명의식을 갖게 됨도 짐작할 수 있다. 따라서 현실 속의 삶의 전개에 있어서도 시인 변승기에게는 당시의 역사적 사건과 연계되어 모든 일이 해석되고 평가됨은 자연스러운 일이다. 이는 그의 의식의 지향과 생애의 흐름이 앞에서 본 혁명에의 열정과 운동성의 측면에서 내적 토대와 맥락을 갖추게 됨을 의미한다는 말이 된다. 실제 이후의 그의 시에서 이를 잘 보여주는 사례는 다음과 같은 작품들일 것이다.

이제 가고파의 바다는 죽었다
방게도 죽었다
꼬시락도 죽었다
까지메기도 죽었다
더 서러운 것은
소싯적 우리의 푸르른 꿈마저
죽은 것이다
모두 시체가 되어
우리의 가슴을 적시고 있다

〈중략〉

죽어가는 것은 비단 바다뿐이랴

결코 불의는 용납지 않던
저 시민 정신의 죽음에 대해
머리 숙여 통곡하라, 통곡하라.

— 「마산 1」 부분

3 · 15의거탑 분수대는 서럽다
늘 잠만 자는 분수
여남은 날 눈떠 보고
일 년 내내 죽어가는 꿈만 꾸는
우리들의 막힌 가슴은 애처롭다
걸핏하면
수도세 미납 고지서에
더 열 올리는
지지리 못난 엽전들아
오늘 우리에게
더 소중한 것은 무엇이더냐

— 「마산 4」 부분

이 시들은 변시인이 81년에서 84년에 걸쳐 『현대문학』
에 추천받아 문단에 정식으로 등단한 후 80년대 후반(87
년, 89년)에 쓴 작품들이다. 초기 시들과는 제법 시간차
가 나고 있지만 연작시로 제시된 두 편의 시는 모두 그
기원을 3 · 15의거에 두고 있음을 알 수 있다. 그의 의식
속에는 3 · 15의거에 의해 발생한 트라우마와 부채의식
내지 사명감이 짙게 배여있음을 확인할 수 있는 것이다.

그리고 앞에서 보았던 청자지향적 성격이 "머리 숙여 통곡 하라 통곡 하라"거나 "지지리 못난 엽전들아"의 구절에서 볼 수 있는 것처럼 여전히 이 시들에 와서도 표출되고 있음을 볼 수 있다.

그렇지만 이 두 편의 시의 해석에서는 3·15의거의 흔적을 찾는 데 초점이 있는 것은 아니다. 문제의 초점은 시인이 인식하고 있는 '시민정신의 죽음'에 대한 의미 파악에 있다. 즉 "죽어가는 것은 비단 바다뿐이랴/ 결코 불의는 용납지 않던/ 저 시민정신의 죽음에 대해/ 머리 숙여 통곡 하라 통곡 하라."거나 "지지리 못난 엽전들아/ 오늘 우리에게/ 더 소중한 것은 무엇이더냐"의 호통과 비판은 역사적 실체를 경험한 증언자로서 갈수록 변질되어 가는 3·15의거정신의 안타까움을 드러내고 있는 것이다. 즉 시인은 3·15의거의 성지로서 자유와 민주의 역사적 정신을 망각해가는 마산과 마산 시민을 꼬집고 있다. 물질과 이기로 점철되어 가는 속물적 존재로 타락해 가는 80년대 마산시민의 소시민적 삶에 대해 냉혹한 풍자와 비판의 칼날을 들이대는 것이다. 이는 "아니 임금님 귀는 당나귀 귀라고/ 말 한마디 뱉지 못한/ 그 가련하고 불쌍한 양반/ 와 이리 가슴 아프게 하노/ 남의 일 아니다/ 나의 일이다 당신의 일이다."(「임금님 귀는 당나귀 귀」)에서처럼 비판의식의 상실로 인해 벙어리와 귀머거리로 변해가는 당대의 모순적 삶에 대한 신랄한 비판이기도 하다. 특히 시에서 이러한 일이 남의 일이 아니라 나의 일임을 강조함으로써 모든 이의 각성을 촉구하는 것은 변승기 시인만이 진솔하게 부르짖을 수 있는 체험적 진실이기도 한 것이다.

이러한 시적 행위는 결국 변승기 시인의 내면에 가장 중요한 시적 요소로 역사의 망각과 왜곡에 대한 투쟁이 자리잡고 있음을 자연스럽게 보여준다. 역사의 변질에 대한 바른 기억과 인정 투쟁은 보통 선지자나 예언자의 목소리다. 이 경우 매우 장엄하면서 격렬한 어조를 띠게 되는데, 변승기의 시들도 이 점 비슷하게 전개되고 있다. 그 점에서 타락한 존재에 대한 비판의 형식으로 쓰여지는 위와 같은 시들은 역사의 진정성을 찾으려는 변승기 시인만의 역사투쟁이자, 역사적 주체로서 주인이 가져야 할 인정투쟁인 셈이다.

그리하여 그의 시 도처에서 "타는 듯한 목소리로/ 어떻게 생각하면/ 과즙 같은 것, 몸살 같은 것, 자유 같은 것(「봄을 생각함」)"을 읊조리거나, "마지막 철새마저 떠나보내고/ 비로소 그는 후련히/ 자유라는 말을 뇌어본다(「겨울 바다」)"고 표현하면서 '자유'의 소중함과 강렬함을 언급하는 것은 시인의 본능적 갈망과 사명의식이 얼마나 깊게 영혼 속에 새겨져 있나 하는 것을 보여주면서, 당대 민중들에게도 그것이 얼마나 소중한 것인가를 깨우쳐주고 싶은 작가적 열망의 심원함을 드러낸다. 이런 시적 태도로 인하여 그의 시적 내용에서 대립적 태도와 투쟁적 언사, 그리고 다짐과 각오의 말은 당연하다 못해 일상적이다. 다음 두 편의 시들이 이를 잘 보여준다.

> 침착하라, 침착해
> 자욱한 안개 걷히면
> 다시 눈보라길
> 쓰러지며 헤쳐 온 이 불혹不惑의 역정歷程
> 여기서 물러설 수는 없다
> 눈에는 눈
> 이에는 이
> 당당히 맞서는 거야
> 싸워 이겨
> 참인생의 석탑을 쌓고 싶다.
>
> — 「바둑을 두면서」 부분

> 사는 날까지 기죽지 않고
> 남의 험한 욕 먹지 말라시던
> 어머이 말씀 그대로
> 뚜벅뚜벅 지축 밟으며
> 지는예, 열심히 살아갈 낍니더
> 어질고 어지신 울 어머이.
>
> — 「울 어머이」 부분

비록 바둑 두는 장면으로 투쟁의 상황을 설정하고 있지만 "여기서 물러 설 수는 없다/ 눈에는 눈/ 이에는 이/ 당당히 맞서는 거야"의 인식과 행위는 3·15의거의 혁명적 기원에 입각한 비판과 투쟁의식임을 우리는 분명히

152

알 수 있다. 또 그 아래 시에서 보이는 "어머이 말씀 그 대로/ 뚜벅뚜벅 지축 밟으며/ 지는예 열심히 살아 갈낍 니더"라는 표현은 결코 혁명에의 열정과 사명감을 포기 할 수 없다는 자기 다짐 내지 각오임도 명확히 알 수 있 는 것이다. 그런 점에서 시민정신의 왜곡에 대한 비판정 신은 불의한 세력에 대한 대결의식으로 나타나고, 시민 정신을 지키려는 세력에 대해서는 동지적 연대와 사랑 으로 나타나게 된다.

그의 중기시를 대표하는 「풀잎」 연작시들(1985~1995) 은 바로 후자로 표현된 민중적 세계관의 표현이자 사랑 의 노래인 셈이다. 혁명에 대한 지향과 역사의 망각에 대한 투쟁의식은 자연스럽게 현재적 삶의 실천자로서 역사적 주체인 민중에 대한 관심과 애정으로 발전해 나 간다. 그가 3·15의거 때 민중의 한 사람으로 역사적 혁 명의 과정에 동참함으로써 우리 민족의 역사적 발전을 추동했던 것처럼 이 시대의 역사적 발전을 견인할 민중 의 발견과 그에 대한 후원은 역사적 선지자로서 해야 할 마땅한 사명으로 인식되었을 것이다. 이러한 인식의 내 용들이 중기시를 이루는 중심축이 된다. 다음 시편들이 이를 보여준다.

갈바람이 차네요
여름내 상한 허리를 보듬고
허허벌판에 모로 누웠어요

낯익은 얼굴들이 다가와
자꾸만 손 내미네요
날개 찢긴 노랑나비며
고추잠자리, 소금장수,
무당벌레에 이르기까지
가엾고 하찮은 것들
너무 업신여기지 마세요
자연법 속 법 없이 사는 법 익히며
어질고 모진 목숨 이어 왔어요.

– 「풀잎 1」 전문

빛나는 것은
비단 네 불씨뿐이랴
봄이 오고
다시 부활절이 다가와
겟세마니 동산
그 외로운 사나이의 말씀
마구 쏟아져 쌓이네, 쌓이네

대숲 사이로 부는 바람결에
가슴 저리도록 들어온 이야기지만
온 들판 예지의 칼날 번뜩이며
서서히 고개를 들고 있는
네 등뼈를 보았다.

– 「풀잎 7」 부분

시 속에 등장하는 '풀잎'은 오랜 전통으로서 민중의 상징물이다. 그렇지만 김수영의 「풀」이 보여주고 있는 민중의 실체와는 다르게 이 시들에 와서는 「풀잎 1」에서 볼 수 있는 것처럼 "가엾고 하찮은 것들"을 대변하는 존재로 "자연법 속 법 없이 사는 법 익히며/ 어질고 모진 목숨 이어 오"고 있다. 즉 지배 권력에 억압된 추상적 실체로서 민중이 아니라 가엾고 하찮은 구체적 실체로서 자연법의 내용을 내면화하고 있는 존재, 즉 어질지만 모질어 언젠가는 혁명의 불길을 내뿜을 수 있는 존재로 그려지고 있는 것이다. 그 점은 「풀잎 7」에서 "온 들판 예지의 칼날 번뜩이며/ 서서히 고개를 들고 있는/ 네 등뼈를 보았다."에서 볼 수 있는 것처럼 민중은 어리석은 존재가 아니며 예지로 빛나는 정신을 가지고 서서히 고개와 등뼈를 드는, 즉 혁명의 불길을 지펴낼 수 있는 능동적이고 적극적인 실체로 변승기는 보고 있는 것이다. 이 점에서 3·15의거라는 역사적 사건의 주체로서 참여한 상상력이 민중의 상징으로서 풀잎의 형상화에 있어서도 그 힘과 작용의 폭을 훨씬 생동감 있게 표현해내고 있다고 볼 수 있다.

이러한 민중에 대한 관심과 애정은 혁명의 관점에서 이어지고 있기 때문에 언제나 민중 속에서 혁명의 특성을 발견하고자 하는 특성을 보인다. 즉 "바람 따라/ 끊어질 듯 끊어질 듯/ 이어지는 그 여린 소리는/ 놀랍게도 그 옛날/ 녹두장군이 흘리고 간/ 한숨 같은 것이었다."(「풀잎 5」)에서 보는 것처럼 민중혁명의 기원이라 할 수 있는 녹두장군 전봉준을 소환해 내고, "하기사 반만년 엄동설한/ 헐벗은 채 잘도 견뎌온 그 오기/ 모르는 바 아니네만/ 잘 명심하게/ 낫칼에 더 이상 베어질 수 없어/ 이건 우리 단군 할아버님의 절대 명령/ 자 일어서게 벌떡." (「풀잎 2」)에서는 단군 할아버지의 절대명령을 불러내고 있다. 이러한 것들은 변승기의 민중에 대한 사랑이 그만큼 역사적이고 절대적임을 강조하고 있는 것으로 볼 수 있다.

순정한 삶의 추구와 신성 회복

살다보면 칼날같은 비판정신과 동지로서 민중들에 대한 애정의 표현도 옅어질 때가 온다. 삶의 나이듦에 따른 인식의 변화는 어쩔 수 없는 것이다. 자신의 일상 속의 문제가 더욱 커지고 현실적 삶에서의 나의 옳고 그름이 가장 시급한 문제로 떠오르는 순간이 오는 것이다. 그것은 대의를 잃어간다고 말하기보다 보다 생활에 밀착된 현실적 존재로 다시 선다는 의미가 크다. 그때 시인 변승기는 순정하고 성스러운 존재로 살고 싶다는 염원을 갖게 된다. 변승기 시의 후기시는 아마 이 점에 놓여 있지 싶다. 물론 여전히 그의 시는 3·15의거정신의 계승과 실천에 관심을 두곤 있지만 대부분의 시적 의식은 일상적 삶의 소중함 내지 자신의 삶에 대한 반성에 초점을 두고 있다.

후기 시에서 3 · 15의거의 정신을 보여주는 것은 조금 다른 양상을 띠고 나타난다. 일찍이 가졌던 저항과 민주의 정신이 그대로 보존되는 것들도 있지만 그러한 것보다 생의 순결함이 더욱 부각되고 있는 시편이 더욱 특색을 이룬다. 다음 시가 그것을 보여준다.

    국민 여러분, 이것은 실제 상황입니다
    적기가 편대를 지어
    휴전선을 막 넘어오고 있어요
    흰 깁을 마구 흔들고
    꽹과리를 치며 인해전술로
    한반도를 단숨에 점령하고 있어요

    국민 여러분, 이것은 실제 상황입니다
    차를 멈추시고
    가까운 대피소로 몸을 피하십시오
    특히 어린이나 노약자는 외출을 삼가시고
    라디오에 귀를 기울여
    그 지시에 따라 주십시오

    보라, 저 융단 폭격의 잠언
    순결함이여, 온유함이여, 새 생명력이여
    만천하를 삼키는 고봉밥이여
    내 너를 처음 만나 쿵쿵 가슴 졸인

비장함이여, 속 쓰림이여, 눈물이여
무엇과도 바꿀 수 없는
그 눈물의 사랑이여

－「춘삼월春三月에 내리는 눈 2」부분

이 시는 2004년에 발표된 것으로 비록 '적기'로 명명
되었지만 북녘에서 몰아오는 순결한 생명체인 '눈'의 통
합과 평화를 노래하고 있다. 그런 점에서 '적기'라는 표
현도 이념적 대립의 산물로 표현된 것이 아니라 북쪽이
라는 방향성과 남북 분단의 현실을 각인시켜주는 작용
으로서 의미만 가질 뿐이다. 즉 북녘에 대한 증오와 대
립적 의식을 가진 것은 아니다. 그리하여 눈이 옴으로써
갖게 되는 "보라, 저 융단폭격의 잠언箴言/ 순결함이여 온
유함이여 새 생명력"의 현실은 "무엇과도 바꿀 수 없는/
그 눈물의 사랑"으로서 순결하고 온유한 삶의 형태로 나
타난다. 이는 대립적 저항적 의식에서 포용적 초월적 태
도로 전환해 가는 모습을 보여주는 것이라 할 수 있다.

이 시에 대한 새로운 해석은 그의 중기 시에 나타난 민
중에 대한 사랑이 남북통일로 이어지는 것으로 나타났
다고 보는 것이다. 이는 3·15의거정신이 당대의 민주주
의 발전에만 머물러 있지 않고 분단 체제의 고착에 따른
현실적 모순의 문제도 제기했던 만큼 분단극복의 염원
에도 자연스럽게 나타날 수 있다는 사실에서 유추할 수
있다. 그런 점에서 위 시편은 통일로 이어지고 싶은 남

북 민중의 간절한 염원을 '눈물나는 사랑'의 자연 현상으로 잘 구체화한 작품이라 하겠다. 민족적, 민중적 통합과 평화의 상징으로 눈을 들고, 남북 모두 정치적 독재와 타락이 분단에 그 근본 원인이 있음을 이 시는 에둘러 말하고 있는 것이다. 그래서 시인은 그러한 모순의 해결로 남북의 마술적 통합, 즉 "국민 여러분 이것은 실제 상황입니다"라고 소리칠 만한 도둑 같은 통일이 오기를 염원하고 있는 것이다. 이런 점에 비추어 보면 변승기 시인의 민중적 세계관과 부정적 시민정신에 대한 비판의식은 모두 민족적 통합의 염원에 기초해 있고 순결한 삶의 추구와 맞물려 있다고 말해도 틀린 말은 아닐 것이다.

순결한 삶에 대한 추구는 자신의 현재에 대한 한 치의 거짓 없음을 드러내는 데에 그 핵심이 놓여 있다. 다음 시에 보이는 통절하기 짝이 없는 참회는 그가 얼마나 순정하고 순수한 영혼으로 살기를 염원하는지를 역설적으로 보여준다.

마지못해 주일 미사 참석하기
어진 아내, 자식 눈치 보기
땅 한 평에 더 연연하기
개뿔도 없는 게 촐랑대기
낫 놓고 ㄱ자도 모르면서 말 많기
매사 남의 탓 돌리기

기도 중 마음은 콩밭 서리하기
시시때때로 남의 아낙 사타구니 염탐하기
식상한 시어 남발하기
설마 내 행실 주인께서 아실라 꼼수쓰기

이 황당, 무지, 불손, 죄인
거듭 태어나게 하소서, 용서해 주옵소서.

－「통회 2」 전문

시집에서 가장 최근(2007) 시라 할 수 있는 이 시는 너무나 솔직담백한 내용을 담고 있다. 하나도 숨김이 없을 만큼 진술한 자기고백은 속물적 삶과 인식에 대해 통절하게 참회하고 순정하기 그지없는 성스러운 존재로 다시 태어나기를 갈구하고 있다. 시는 자신의 순결성을 최고도로 끌어올리기 위해 영적 존재로서 신성을 추구하고 있는 것이다. 이 신성의 회복은 그가 추구해온 시적 전개와는 일견 상충해 보이기도 하겠지만 꼭 그렇지만은 않다는 것을 알게 한다. 즉 가만히 생각해보면 순정한 영혼은 거짓 없고 정의로운 영혼이라는 점에서 지향의 일관성은 놓여 있는 것이다. 때문에 이 시들에서 보이는 순정성은 과거 3 · 15의거정신을 표현한 시의 순수성과 치열성의 다른 이름이라고 불러도 좋을 것이다. 즉 자유로운 영혼이 순결한 영혼이고 순정한 영혼이 치열한 영혼으로 순환된다고 말할 수 있는 것이다. 그런 점에서 변승기의 시적 지향성은 새로운 범주로 시적 정신을 확산시켜 가며 진정한 인간 존재론을 추구하고 있는 셈이다.

놀라운 것은 이러한 통절한 참회의 끝에서 그가 만나는 것이 신성의 얼굴이자 진정한 인간의 얼굴이라는 점이다. 다음 시가 그것을 보여준다.

그러던 중 예사롭게 여겨 온 하느님께 절실히, 그야말로 온몸으로 살려달라고 애원하는 사건이 터진 것이다. 1960년 3월 15일 밤, 이승만 자유당 독재 정권의 부정 선거에 항거하여 〈애국가〉와 〈전우가〉를 소리높이 부르며 수천 명의 시민과 함께 저들을 향해 돌진해 나갔다. 경찰은 우리 심장을 향해 700여 발의 총격을 무자비하게 가해 왔다. 전진 후퇴가 거듭된 가운데 밤 9시경 허벅지에 총을 맞고 피를 철철 흘리며 마산시청으로 끌려갔다. 이튿날 새벽 도립마산병원으로 이송되어 입원 치료 중 대동맥이 끊어졌다고 했다. 피가 아래로 통하지 않자 다리가 썩기 시작했다. 사실 다리 관통으로는 좀체 있을 수 없는 가장 불운한 사태에 직면한 것이었다. 의사 선생님은 부득이 다리를 절단해야 한다며 기적을 바랄 뿐이라고 했다. 그 순간 옆에 지키고 계시는 어머님을 쳐다보았다. 고개를 돌리셨다.

그날부터 나는 하느님께 그 기적을 일으켜 달라고 간절히 기도하고 또 했다. 그러나 결코 기적은 일어나지 않았다. 씨팔, 빌어먹을 하느님 옛다, 엿 먹어라. 어느덧 나는 무신론자가 되어 있었다. 특히 니체의 『자라투스트라는 이렇게 말했다』를 탐독하면서 하느님은 이 세상에 없다고 마구 외치고 다녔다. 그때 김소월 님을 만났고 라이너 마리아 릴케 님과 엽신을 주고받게 되었다. 그분들이 나의 안식처였고 유일한 동반자였다.

그 무렵 나는 참으로 외롭고 쓸쓸하고 절망하고 있었다. 그러던 어느 날 대학 캠퍼스에서 마리아 아네스라는 아가씨를 우연히 만나게 되었다. 눈이 번쩍 뜨였다. 매일 편지를 보냈다. 그 아가씨 집 앞에서 몇 시간, 몇 날을 기다리는 것은 예사였다. 눈을 떠도, 감아도 그 아가씨 생각뿐이었다. 비록 육신은 상처투성이지만 군고구마 장사를 해서라도 굶기지는 않겠다고 큰소리를 땅땅 쳐보기도 했다. 빌고 또 빌었다. 그러자 그 아가씨 마음의 문이 조금씩 열리기 시작했다. 세상을 얻은 것 같았다. 그런데 고약하게도 반드시 자기와 함께 성당에 나가야 한다는 선약을 요구했다. 그때까지도 역시 하느님은 나에게는 강 건너 불구경이었다. 그렇지만 나는 잡생각을 할 겨를이 없었다. 하고 싶지도 않았다. 그 약속을 무조건 지키겠다고 서약했다.

그날 이후 나는 성당에 가기는 가되 하느님을 만나러 가는 것이 아니었다. 그야말로 졸졸 그 아가씨가 성당이고 하느님이었다. 나는 40년이 지난 지금도 변한 게 없다. 요즈음 늘 그녀가 하는 말은 "기도 좀 천천히 하면 안 되나요.", "매일 단 한 장이라도 성서 좀 읽으면 어때요." 그녀의 표정을 보면 아직도 멀고 딱하다는 말이다. 제기랄, 나는 아직 바깥세상 재미에 더 젖어 있다. 두 손 모아 빌고, 빌고 했던 그 시절을 까맣게 잊고 있다. 그렇지만 나는 그

녀를 사랑한다. 누가 옆구리를 꾹꾹 찔러도 하느님보다 그
녀를 더 사랑한다. 그녀가 쑥쑥 잘도 낳고 길러 준 우리 집
강아지 미카엘, 라파엘도 무척 사랑하고 있다. 나는 무척
행복하다. 지금.

- 「통회 3」 부분

　이 시에 이르러 생의 파란만장함이 파노라마로 드라마
틱하게 살아난다고 말할 수 있을 것 같다. 슬픔이 기쁨
이 되고, 기쁨이 슬픔이 되는 신비한 현상에 목도하게
되는 것이다. 때문에 시적 화자가 지금의 상태에서 "나
는 무척 행복하다 지금"이라고 말할 수 있는 근거가 바
로 그의 역사적 고통과 대응을 통한 전 생애적 투사와
응전의 덕분이었음을 우리는 이해하게 되는 것이다.
　이 시의 문제성은 바로 역사와 신성의 결합에 있다.
3·15의거의 비극이 신성의 표지라 할 수 있는 아내와의
만남으로 이어지고, 그리하여 삶의 깊이와 향취가 무르
익게 됨을 시인은 노래하고 있다. 그렇다, 이 시는 산문
으로 쓰여졌지만 생의 불가피성과 불가사의함을 오직
신성으로만 풀어낼 수밖에 없음을 읊고 있다는 점에서
노래인 것이다. 시인 변승기는 후기 시에 와서야 삶이
하나의 이야기이자 책이 됨을 실감하고 있는 모양이다.
삶의 조건과 과정을 이야기로 풀어내면서 역사적 상상
력이 신화적 상상력으로 승화되어 갈 때 진정한 인간 존
재가 가능하다는 암묵적 진단을 내리고 있는 것이다. 언

뜻 비친 신성의 얼굴이 우리가 최후로 취해야할 인간의 얼굴임을 시인은 그의 생애의 이야기를 통해 알려주고 있는 것이다. 그 점에서 그의 시는 반성을 통한 초월의 형식인 셈이다.

아직 그가 살아있다는 점에서 그의 시적 도정이 끝났다고 말할 수는 없을 것이다. 그러나 하나 예견할 수 있는 것은 그의 앞으로의 시 역시 그가 오랫동안 추구해왔던 시민정신의 올곧음, 곧 순정하고 성스러운 영혼의 내용들로 채워질 것이라는 사실이다. 이것을 실천하기 위해 그의 한 생은 존재했고, 존재할 것이다. 그의 생애에서 우리는 비장함과 치열함, 그리고 타락에 대해 분노하는 정신을 배웠다. 아니 살아보았다. 그것은 어쩌면 끔찍한 것이라 할 수 있지만 더할 수 없이 아름다운 것이었다고 말하지 않고는 배겨날 수 없을 것 같다. 아름다움이 슬픔의 처절한 승화 속에 깃든다는 점을 감안한다면 변승기 시인의 생애와 이를 반영하는 시 역시 그렇게 나타난다고 말해야 하기 때문이다. 그런 점에서 시인의 슬프고도 자랑스러운 생애가 담긴 이 한 권의 시집에 경의를 표한다.